BEAUMARCHAIS

LE MARIAGE DE FIGARO

COMÉDIE

AVEC UNE NOTICE BIOGRAPHIQUE, UNE NOTICE
LITTÉRAIRE ET DES NOTES EXPLICATIVES PAR

RAYMOND JEAN

AGRÉGÉ DES LETTRES
ASSISTANT A LA FACULTÉ DES LETTRES DE RENNES

CLASSIQUES ILLUSTRÉS VAUBOURDOLLE

LIBRAIRIE HACHETTE

79, BOULEVARD SAINT-GERMAIN, PARIS

BIBLIOGRAPHIE

ÉDITIONS.

Théâtre : éd. de G. d'Heylli et Marescot (*Académie des Biblio-philes*, Paris, 1869-1871).

Œuvres complètes : éd. Moland, 1874.

Théâtre : Le Barbier de Séville. — Le Mariage de Figaro. — La Mère coupable. Introduction par Gérard Bauër. Notes de René Sers. (Collection du Flambeau, Hachette, 1950.)

SUR BEAUMARCHAIS.

René Dasèlme : *Vie de Beaumarchais* (N. R. F., 1929).

Auguste Bailly : *Beaumarchais* (Fayard, 1945).

F. Gaiffe : *Les Trois Visages de Figaro* (Boivin).

Pierre Richard : *La Vie privée de Beaumarchais* (Hachette, 1950).

SUR " LE MARIAGE DE FIGARO ".

Conferencia (1920).

F. Gaiffe : *Conférences de l'Odéon*, 1re série (Hachette, 1916).

F. Gaiffe : *Le Mariage de Figaro* (" Les grands événements litté-raires. " Malfère, 1928).

NOTICE SUR BEAUMARCHAIS

E N *1732*, le 24 janvier, à Paris, rue Saint-Denis, naît Pierre-Augustin Caron. Il conservera toujours un tour d'esprit très parisien.

En 1745, son père, horloger, le prend comme apprenti, après lui avoir donné une éducation sérieuse. L'enfant grandit en compagnie de ses cinq sœurs. Il aime la musique. Il fréquente bientôt les cabarets du quartier des Halles où il dépense l'argent de son père.

En 1754, il invente un nouveau système d'échappement pour les montres. Son invention lui est volée par un célèbre horloger parisien, Le Paute. Mais Pierre-Augustin fait triompher son droit dans un procès arbitré par l'Académie des Sciences. Bien vu de la Cour, il devient horloger royal. Il gagne l'amitié de M. Francquet, contrôleur de la Maison du roi, et surtout celle de Mme Francquet.

En 1755, à vingt-trois ans, il devient à son tour contrôleur clerc-d'office. Sa situation est officielle.

En 1756, meurt M. Francquet; Beaumarchais défend les intérêts de la veuve, puis l'épouse. Il se fait appeler Caron de Beaumarchais d'après le nom d'un petit bois appartenant à sa femme, le " *bos* " *Marchais*.

En 1757, Mme de Beaumarchais meurt. Difficultés financières qui amènent Pierre-Augustin à devenir le professeur de harpe des princesses royales.

En 1760, il connaît la Pompadour et le financier Pâris-Duverney qui le lance dans les affaires et lui permet de s'enrichir. Il deviendra bientôt " lieutenant général des chasses " après avoir obtenu un brevet de secrétaire du roi qui l'anoblit.

Il fait un voyage d'un an en Espagne où il retrouve deux de ses sœurs, l'aînée, qui est mariée, et la cadette. Cette dernière est abandonnée par son fiancé, un certain Clavijo, et Beaumarchais s'efforce de la venger. Cette intrigue inspirera à Gœthe son drame *Clavijo*. Beaumarchais n'en tira (partiellement) qu'*Eugénie*. Il voulait, en vérité, traiter en Espagne d'importantes affaires :

pourvoir en esclaves noirs les colonies espagnoles, monter une
compagnie chargée de l'exploitation de la Louisiane, s'occuper
de fournitures à l'armée. Il échoua, mais révéla ses qualités
d'homme d'affaires et d'agent secret.

En 1767, Beaumarchais fait représenter à la Comédie-Française
Eugénie, drame social qui échoue. La pièce, publiée, est précédée
d'un *Essai sur le genre dramatique sérieux*.

En 1768, il épouse Mme Levêque, veuve fort riche de rentes
viagères, qui lui donnera deux enfants.

En 1770, *Les Deux Amis*, un mauvais drame, échoue à son
tour. Pâris-Duverney meurt; certaines clauses de son testament
sont favorables à Beaumarchais; mais le neveu et héritier du
financier, le comte de la Blache, les conteste. Procès et intrigues.
Mort de l'ex-Mme Levêque.

En 1773, tandis que le comte de la Blache, condamné en justice,
fait appel, Beaumarchais attend un second jugement. Il fait
répéter *Le Barbier de Séville*. Il s'intéresse à Mlle Ménard, amie
du duc de Chaulnes, qui, jaloux et impulsif, le malmène rude-
ment. Scandale. Le duc est envoyé à Vincennes; Beaumarchais
est emprisonné au For-l'Évêque. De sa résidence forcée, il
essaie d'atteindre le conseiller Goëzman qui instruit le procès.
Pour cela il corrompt la femme du conseiller, en lui offrant
montre et argent. Résultat nul : sur le rapport de Goëzman,
La Blache est acquitté par le Parlement. Beaumarchais se venge
en cinglant les époux Goëzman dans des *Mémoires* d'une verve
venimeuse. Succès retentissant : l'opinion publique se dresse
contre le Parlement Maupeou.

En 1774, après un nouveau procès, Goëzman est déchu de son
office; sa femme est blâmée; mais Beaumarchais l'est aussi.

Beaumarchais est devenu populaire. Il a dû se cacher un temps,
mais le voilà bientôt agent secret de Louis XV, puis de Louis XVI
en Angleterre, en Hollande et en Allemagne.

En 1775, le 23 février, il fait jouer *Le Barbier de Séville* à la
Comédie-Française. La pièce, remaniée après la première, connaît
un succès de plusieurs semaines. Le personnage de Figaro est à
l'image de Beaumarchais et porte en lui l'expérience de ses
multiples intrigues.

En 1776, mission en Angleterre; puis Beaumarchais obtient
d'importantes sommes pour la fourniture d'armes aux insurgés
d'Amérique. Il possède une flotte, devient créancier du
Congrès. Il est réhabilité; il obtiendra plus tard l'approbation
du parlement d'Aix contre La Blache. Il fondera bientôt la
Société des Auteurs dramatiques et établira le principe de la propriété littéraire.

En 1784, le 27 avril, il fait représenter *Le Mariage de Figaro* à la Comédie-Française. La pièce avait été écrite en 1778 et reçue en 1781 : six ans de lutte. Le *Mariage*, qui avait déjà pu être apprécié à la Cour, connaît un succès triomphal, entretenu par l'auteur lui-même. Il en résulte des inquiétudes. Louis XVI fait emprisonner mais libérer bientôt après Beaumarchais, qui depuis 1783 éditait également à Kiel les œuvres de Voltaire.

En 1785, il se remarie avec une jeune femme. Il est attaqué par Mirabeau dans une polémique relative aux eaux de Paris, et se défend mal.

En 1787, il fait jouer *Tarare*, opéra philosophique qui intéresse le public. Bientôt il est en butte aux attaques de l'avocat Bergasse à propos de l'affaire Kornman dans laquelle il avait défendu une femme frustrée de sa dot par son mari. L'opinion publique l'accable.

En 1792, tandis que de ses fenêtres il assiste à la Révolution, il fait représenter *La Mère coupable* qui, après le *Barbier* et le *Mariage* achève la trilogie de Figaro, et satirise Bergasse. C'est un échec. Beaumarchais donne des gages à la Révolution et négocie un achat d'armes à la Hollande. Agent du Comité de Salut Public, il se rend à l'étranger où il juge prudent de prolonger son séjour. Suspect il figure, en effet, sur la liste des émigrés. Ses biens sont confisqués, sa sœur, sa femme et sa fille arrêtées.

En 1796, il est à Paris : le calme est rétabli, sa famille est relâchée. Il tente de refaire sa fortune, réclame des créances à l'Amérique, songe à percer un canal dans l'isthme de Panama, fait rejouer *La Mère coupable* dans une version nouvelle.

En 1799, le 18 mai, il meurt d'une attaque. Il est enterré sous un bosquet de son jardin.

NOTICE SUR *LE MARIAGE DE FIGARO*

En 1784, tous les personnages du *Barbier de Séville* se retrouvent dans *Le Mariage de Figaro* ou *La Folle Journée*. Ils n'ont pas beaucoup vieilli, mais ont changé d'état. Le Comte Almaviva est devenu grand *corregidor* d'Andalousie : il n'oublie pourtant pas le Don Juan qu'il était jadis. Rosine est maintenant son épouse : c'est une Comtesse digne et émouvante mais déçue dans sa tendresse conjugale. Figaro demeure pareil à lui-même, mais il a enfin trouvé une position stable et exerce les fonctions de valet de chambre du Comte et de concierge du château. Il s'apprête à prendre pour femme Suzanne, la sémillante camériste de la Comtesse. La *trame* de la comédie est simple : à la veille de ce mariage, le Comte désire obtenir les faveurs de Suzanne qui se refuse, fiancée fidèle ; mais une coalition domestique se formera contre lui, qui le rendra à l'affection de la Comtesse, tandis que Figaro retrouvera Suzanne. Différents comparses, déjà connus de nous depuis le *Barbier* ou nouveaux venus, sont témoins et complices de cette intrigue qui devient très vite d'une rare complexité et d'un prodigieux mouvement. La pièce de Beaumarchais en acquiert une ampleur toute nouvelle.

Elle fut écrite en 1778, reçue à la Comédie-Française en 1781, mais *représentée* seulement le 27 avril 1784. Entre-temps l'auteur eut bien des obstacles à surmonter, bien des luttes à soutenir. Louis XVI hésitait à donner son autorisation. Mais Marie-Antoinette, le comte d'Artois, la duchesse de Polignac et divers courtisans ayant vu et admiré la pièce jouée en privé chez le comte de Vaudreuil, il céda à leurs instances et accorda enfin son consentement. Ainsi était récompensée l'inlassable habileté de Beaumarchais qui avait mené une propagande clandestine pour son œuvre rendue déjà " piquante " par l'interdit royal. Le *succès* de la première fut étourdissant. Le public se pressait, dès le matin, aux portes du théâtre ; sa curiosité était folle. Les grandes dames occupaient les loges des comédiennes avant le lever du rideau. Les applaudissements fusèrent. D'avril à décembre *La Folle Journée* fut représentée soixante-sept fois. Beaumarchais stimula ce succès en orchestrant lui-même une bruyante publicité. Il eut néanmoins des ennuis, venus, comme il était naturel, de ceux qui se sentaient visés. Ce fut d'abord une condamnation épiscopale; ce furent surtout les attaques du censeur Suard à l'Académie et dans le *Journal de Paris*. L'auteur répondit qu'après avoir triomphé des " lions et des tigres " il ne répliquerait pas à " l'insecte vil de la nuit ". On en profita pour persuader Louis XVI qu'il devait se reconnaître dans les " lions et les tigres " et Beaumarchais fut incarcéré à Saint-Lazare. Ce ne fut heureusement pas pour longtemps. Figaro avait maintenant son audience.

Le succès du *Mariage* auprès du public s'expliquait par :

LA SOUPLESSE DE L'INTRIGUE qui fait de cette œuvre une pièce d'*action*, de *mouvement*, toute en complots, et répond, par sa tendance à l'*imbroglio*, à un goût du romanesque que cultivait volontiers le spectateur du XVIIIe siècle surtout lorsqu'il était sûr d'assister à un dénouement heureux.

C'est en même temps l'occasion d'un *grand déploiement de décors et de costumes* et d'une brillante *figuration*, sous l'influence de l'*opérette* et du *ballet* (voir le *vaudeville* final). Aussi Mozart put-il trouver dans cette œuvre le thème d'un livret sur lequel il écrivit la partition pleine de grâce et de verve des *Noces de Figaro*.

SON ASPECT " COMÉDIE DE MŒURS " : plutôt qu'à des sources littéraires c'est à *l'observation des mœurs contemporaines* qu'a recours Beaumarchais, se peignant au besoin lui-même.

Il décrit des comportements *bourgeois* derrière la façade d'une Espagne conventionnelle : une épouse incapable de retenir son mari volage, les drames de l'infidélité, l'atmosphère d'intrigue cordiale et d'espionnage mutuel d'une famille ou plutôt d'une " maison ". Il est en cela fidèle aux principes de *Diderot* et tente, pour une large part, de faire un drame bourgeois, dans le *genre sérieux*.

LA PEINTURE FOUILLÉE DES CARACTÈRES : *tous les personnages* de la pièce sont étonnamment campés. Même *Basile* possède son individualité propre faite d'une intelligence maligne et d'une indiscrétion de mauvais aloi. *Chérubin*, *Fanchette* sont décrits dans leur fraîcheur mais aussi dans leur sensualité malicieuse. *La Comtesse* est d'une parfaite distinction morale et reste très féminine malgré son manque de confiance en elle. *Le Comte* est d'un égoïsme désinvolte qui en fait un " séduisant séducteur " aussi bien qu'un jaloux féroce, mais il est aveuglé au point de se laisser transformer en jouet par son entourage. *Suzanne* semble avoir tous les défauts et toutes les qualités des femmes : sans se montrer farouche le moins du monde, elle sait fort bien se défendre et elle conserve une bonne humeur mêlée de ruse, une coquetterie empreinte de tendresse qui la rendent, en toutes circonstances, sympathique. *Figaro*, enfin, que Beaumarchais fait vivre avec tant de bonheur, est aussi intelligent qu'actif; sa finesse est promptitude : il guette, voit tout et voit juste, sait viser et frappe toujours au but. La verve, voilà son secret : elle lui permet de répliquer avec vivacité et de se tirer de tous les mauvais pas; il est toujours le plus fort. Il exploite ses dons naturels à travailler avant tout pour lui-même; c'est dire qu'il ne s'embarrasse d'aucun scrupule, mais il ne manque pas de charme. De plus il se fait pardonner son insolence en raillant et frondant sans cesse et, par le *comique*, désarme toujours adversaires et spectateurs. Son caractère s'agrémente de quelques bouffées de lyrisme et de sentiment qui nous rappellent combien il est profondément mais discrètement humain.

LA VIGUEUR DE LA SATIRE SOCIALE : Figaro, par son franc parler, séduit un public auquel il lance quelques *formules* lapidaires, brillantes, sonores et rythmées, particulièrement propres à franchir la rampe et à être retenues. Or ces formules blessent, ridiculisent ou compromettent presque toujours les " grands " et attirent au contraire la sympathie de l'auditoire sur les infortunes et difficultés du menu peuple. Ainsi Figaro, en identifiant sa cause à celle des roturiers du siècle, en opposant sans cesse sa condition à celle du Comte, se fait le pourfendeur des abus sociaux et le champion de la supériorité de l'esprit sur la naissance. Son amertume est partagée et il est évident que ses couplets trouvent aisément un écho dans un public effervescent.

Notre texte est celui de l'édition de 1784.

∎

PERSONNAGES

LE COMTE ALMAVIVA, grand corregidor[1] d'Andalousie.
LA COMTESSE, sa femme.
FIGARO, valet de chambre du Comte et concierge du château.
SUZANNE, première camériste[2] de la Comtesse et fiancée de Figaro.
MARCELINE, femme de charge.
ANTONIO, jardinier du château, oncle de Suzanne et père de Fanchette.
FANCHETTE, fille d'Antonio.
CHÉRUBIN, premier page du Comte.
BARTHOLO, médecin de Séville.
DON GUSMAN BRID'OISON[3], lieutenant du siège.
DOUBLE-MAIN, greffier, secrétaire de don Gusman. *court clerk-notaire*
Un huissier audiencier.
GRIPE-SOLEIL, jeune pastoureau.
Une jeune bergère.
PÉDRILLE, piqueur[4] du Comte.

Personnages muets.

Troupe de valets.
Troupe de paysannes.
Troupe de paysans.

La scène est au château d'Aguas-Frescas, à trois lieues de Séville[5].

CARACTÈRES
ET HABILLEMENT DE LA PIÈCE[6]

LE COMTE ALMAVIVA doit être joué très noblement, mais avec grâce et liberté. La corruption du cœur ne doit rien ôter au *bon ton* de ses manières. Dans les mœurs *de ce temps-là*, les grands traitaient en badinant toute entreprise sur les femmes. Ce rôle est d'autant plus pénible à bien rendre que le personnage est toujours sacrifié. Mais, joué par un comédien excellent (*M. Molé*), il fait ressortir tous les rôles et assuré le succès de la pièce.

Son vêtement du premier et second acte est un habit de chasse avec des

1. *Corregidor* : premier officier de justice d'une ville espagnole. — 2. *Caмériste* : pour l'explication de ce terme, voir note 2, page 47. — 3. *Brid'oison* : voir note 2, page 69. — 4. *Piqueur* : un piqueur est, en terme de vénerie, un valet de chiens à cheval. C'est aussi un domestique « monté » qui précède la voiture du maître

pour préparer les relais. — 5. Séville est la capitale de l'Andalousie. — 6. Beaumarchais tient à donner des précisions sur le vêtement, le maintien, l'allure extérieure, et aussi le caractère de ses personnages. Il s'efforce d'éclairer et de guider les acteurs et ne néglige pas de leur rendre hommage.

Diderot's influence

bottines à mi-jambe, de l'ancien costume espagnol. Du troisième acte jusqu'à la fin, un habit superbe de ce costume.

LA COMTESSE, agitée de deux sentiments contraires, ne doit montrer
qu'une sensibilité réprimée ou une colère très modérée; rien surtout qui
dégrade aux yeux du spectateur son caractère aimable et vertueux. Ce rôle,
un des plus difficiles de la pièce, a fait infiniment d'honneur au grand talent
de *Mlle Saint-Val* cadette.

Son vêtement du premier, second et quatrième acte est une lévite commode, et nul ornement sur la tête : elle est chez elle et censée incommodée.
Au cinquième acte, elle a l'habillement et la haute coiffure de *Suzanne*.

FIGARO. L'on ne peut trop recommander à l'acteur qui jouera ce rôle de
bien se pénétrer de son esprit, comme l'a fait *M. Dazincourt*. S'il y voyait
autre chose que de la raison assaisonnée de gaieté et de saillies, surtout s'il y
mettait la moindre charge, il avilirait un rôle que le premier comique du
théâtre, *M. Préville*, a jugé devoir honorer le talent de tout comédien qui
saurait en saisir les nuances multipliées et pourrait s'élever à son entière
conception.

Son vêtement comme dans *Le Barbier de Séville*.

SUZANNE. Jeune personne adroite, spirituelle et rieuse, mais non de
cette gaieté presque effrontée de nos soubrettes corruptrices; son joli caractère est dessiné dans la préface, et c'est là que l'actrice qui n'a point vu
Mlle Contat doit l'étudier pour le bien rendre.

Son vêtement des quatre premiers actes est un juste blanc à basquines[1]
très élégant, la jupe de même, avec une toque, appelée depuis, par nos
marchandes, *à la Suzanne*. Dans la fête du quatrième acte, le Comte lui pose
sur la tête une toque à long voile, à hautes plumes et rubans blancs. Elle
porte au cinquième acte la lévite de sa maîtresse, et nul ornement sur la tête.

MARCELINE est une femme d'esprit, née un peu vive, mais dont les fautes
et l'expérience ont réformé le caractère. Si l'actrice qui le joue s'élève avec
une fierté bien placée à la hauteur très morale qui suit la reconnaissance du
troisième acte, elle ajoutera beaucoup à l'intérêt de l'ouvrage.

Son vêtement est celui des duègnes espagnoles, d'une couleur modeste,
un bonnet noir sur la tête.

ANTONIO ne doit montrer qu'une demi ivresse, qui se dissipe par degrés;
de sorte qu'au cinquième acte on n'en aperçoive presque plus.

Son vêtement est celui d'un paysan espagnol, où les manches pendent
par-derrière; un chapeau et des souliers blancs.

FANCHETTE est une enfant de douze ans, très naïve. Son petit habit est un
juste brun avec des ganses et des boutons d'argent, la jupe de couleur tran-
chante, et une toque noire à plumes sur la tête. Il sera celui des autres
paysannes de la noce.

CHÉRUBIN. Ce rôle ne peut être joué, comme il l'a été, que par une jeune
et très jolie femme[2]; nous n'avons point à nos théâtres de très jeune homme
assez formé pour en bien sentir les finesses. Timide à l'excès devant la
Comtesse, ailleurs un charmant polisson; un désir inquiet et vague est le fond

---

1. Le *juste* est un vêtement de paysanne qui serre le corps; les *basquines*
sont de petites basques découpées et
tombantes. — 2. Ordinairement ce
rôle est confié, comme le voulait Beaumarchais, à une actrice. Mais on a
vu Julien Carette et Jean Weber l'in-
terpréter.

de son caractère. Il s'élance à la puberté, mais sans projet, sans connaissances, et tout entier à chaque événement; enfin il est ce que toute mère, au fond du cœur, voudrait peut-être que fût son fils, quoiqu'elle dût beaucoup en souffrir. Son riche vêtement, aux premier et second actes, est celui d'un page de cour espagnol, blanc et brodé d'argent; le léger manteau bleu sur l'épaule, et un chapeau chargé de plumes. Au quatrième acte il a le corset, la jupe et la toque des jeunes paysannes qui l'amènent. Au cinquième acte, un habit uniforme d'officier, une cocarde et une épée.

BARTHOLO. Le caractère et l'habit comme dans *Le Barbier de Séville;* il n'est ici qu'un rôle secondaire.

BASILE. Caractère et vêtement comme dans *Le Barbier de Séville;* il n'est aussi qu'un rôle secondaire.

BRID'OISON doit avoir cette bonne et franche assurance des bêtes qui n'ont plus leur timidité. Son bégaiement n'est qu'une grâce de plus qui doit être à peine sentie, et l'acteur se tromperait lourdement et jouerait à contresens s'il y cherchait le plaisant de son rôle. Il est tout entier dans l'opposition de la gravité de son état au ridicule du caractère; et moins l'acteur le chargera, plus il montrera de vrai talent.

Son habit est une robe de juge espagnol, moins ample que celle de nos procureurs, presque une soutane; une grosse perruque, une gonille[1], ou rabat espagnol au cou, et une longue baguette blanche à la main.

DOUBLE-MAIN. Vêtu comme le juge; mais la baguette blanche plus courte.

L'HUISSIER ou ALGUAZIL. Habit, manteau, épée de Crispin[2], mais portée à son côté sans ceinture de cuir. Point de bottines, une chaussure noire, une perruque blanche naissante et longue à mille boucles, une courte baguette blanche.

GRIPE-SOLEIL. Habit de paysan, les manches pendantes, veste de couleur tranchée, chapeau blanc.

UNE JEUNE BERGÈRE. Son vêtement comme celui de *Fanchette*.

PÉDRILLE. En veste, gilet, ceinture, fouet et bottes de poste, une résille sur la tête, chapeau de courrier.

PERSONNAGES MUETS, les uns en habits de juges, d'autres en habits de paysans, les autres en habits de livrée.

PLACEMENT[3] DES ACTEURS.

Pour faciliter les jeux du théâtre, on a eu l'attention d'écrire au commencement de chaque scène le nom des personnages dans l'ordre où le spectateur les voit. S'ils font quelque mouvement grave dans la scène, il est désigné par un nouvel ordre de noms, écrit en note à l'instant qu'il arrive. Il est important de conserver les bonnes positions théâtrales; le relâchement dans la tradition donnée par les premiers acteurs en produit bientôt un total dans le jeu des pièces, qui finit par assimiler les troupes négligentes aux plus faibles comédiens de société.

1. *Une gonille* : sorte de pièce d'étoffe blanche de forme particulière que portaient au cou les magistrats. — 2. *Épée de Crispin* : Crispin est un personnage de la Comédie italienne dont le vêtement et l'allure sont traditionnels. — 3. Beaumarchais, homme de théâtre accompli et vrai metteur en scène, est soucieux du jeu des acteurs, de leur répartition sur le plateau et de leurs attitudes.

LA FOLLE JOURNÉE

OU

LE MARIAGE DE FIGARO

COMÉDIE EN CINQ ACTES

1784

ACTE I

Le théâtre représente une chambre à demi démeublée; un grand fauteuil de malade eſt au milieu. Figaro, avec une toise[1], mesure le plancher. Suzanne attache à sa tête, devant une glace, le petit bouquet de fleur d'oranger appelé chapeau de la mariée.

SCÈNE I

FIGARO, SUZANNE

FIGARO. — Dix-neuf pieds[2] sur vingt-six.

SUZANNE. — Tiens, Figaro, voilà mon petit chapeau : le trouves-tu mieux ainsi?

FIGARO *lui prend les mains.* — Sans comparaison, ma charmante. Oh! que ce joli bouquet virginal, élevé sur la tête d'une belle fille eſt doux le matin des noces, à l'œil amoureux d'un époux!...

SUZANNE *se retire.* — Que mesures-tu donc là, mon fils?

FIGARO. — Je regarde, ma petite Suzanne, si ce beau lit que monseigneur nous donne aura bonne grâce ici.

SUZANNE. — Dans cette chambre?

FIGARO. — Il nous la cède.

SUZANNE. — Et moi je n'en veux point.

FIGARO. — Pourquoi?

SUZANNE. — Je n'en veux pas.

FIGARO. — Mais encore?

SUZANNE. — Elle me déplaît.

FIGARO. — On dit une raison.

SUZANNE. — Si je n'en veux point dire?

---

1. *Toise* : ancienne mesure de lon- | valait 0 m. 3248 et se divisait en 12
gueur valant 1 m. 949. — 2. Le *pied* | pouces.

FIGARO. — Oh! quand elles sont sûres de nous[1]!...

SUZANNE. — Prouver que j'ai raison serait accorder que je puis avoir tort. Es-tu mon serviteur ou non?

FIGARO. — Tu prends de l'humeur contre la chambre du château la plus commode et qui tient le milieu des deux appartements. La nuit, si madame est incommodée, elle sonnera de son côté; zeste[2], en deux pas tu es chez elle. Monseigneur veut-il quelque chose? Il n'a qu'à tinter du sien; crac, en trois sauts me voilà rendu.

SUZANNE. — Fort bien! Mais quand il aura *tinté* le matin, pour te donner quelque bonne et longue commission; zeste, en deux pas il est à ma porte et crac en trois sauts...

FIGARO. — Qu'entendez-vous par ces paroles?

SUZANNE. — Il faudrait m'écouter tranquillement.

FIGARO. — Eh! qu'est-ce qu'il y a, bon Dieu?

SUZANNE. — Il y a, mon ami, que, las de courtiser les beautés des environs, monsieur le comte Almaviva veut rentrer au château, mais non pas chez sa femme; c'est sur la tienne, entends-tu, qu'il a jeté ses vues, auxquelles il espère que ce logement ne nuira pas. Et c'est ce que le loyal Basile[3], honnête agent de ses plaisirs, et mon noble maître à chanter, me répète chaque jour, en me donnant leçon.

FIGARO. — Basile! ô mon mignon, si jamais volée de bois vert, appliquée sur une échine, a dûment redressé la moelle épinière à quelqu'un...

SUZANNE. — Tu croyais, bon garçon, que cette dot qu'on me donne était pour les beaux yeux de ton mérite?

FIGARO. — J'avais assez fait pour l'espérer.

SUZANNE. — Que les gens d'esprit sont bêtes!

FIGARO. — On le dit.

SUZANNE. — Mais c'est qu'on ne veut pas le croire!

FIGARO. — On a tort.

SUZANNE. — Apprends qu'il la destine à obtenir de moi, secrètement, certain quart d'heure, seul à seule, qu'un ancien droit du seigneur[4]... Tu sais s'il était triste!

---

1. Entendez : les femmes, quand elles sont sûres de nous, s'amusent à nous inquiéter. Cette remarque est aimablement mordante. — 2. *Zeste* : interjection familière (que l'on écrit aussi : zest) exprimant la promptitude et l'agilité. — 3. Ce ton ironique nous rappelle que Basile est un maître à chanter et un maître chanteur; cupide et vénal, il sert les desseins du comte Almaviva comme il servait ceux de Bartholo dans *Le Barbier de Séville*. — 4. Ce droit, d'origine féodale, permettait au seigneur d'avoir secrètement part aux faveurs des femmes de sa maison. Il n'existait plus alors, mais Voltaire en avait fait le thème d'une de ses comédies intitulée précisément *Le Droit du Seigneur* (1762).

FIGARO. — Je le sais tellement que, si monsieur le Comte, en se mariant, n'eût pas aboli ce droit honteux, jamais je ne t'eusse épousée dans ses domaines.

SUZANNE. — Eh bien! s'il l'a détruit, il s'en repent; et c'est de ta fiancée qu'il veut le racheter en secret aujourd'hui.

FIGARO, *se frottant la tête.* — Ma tête s'amollit de surprise, et mon front fertilisé[1]...

SUZANNE. — Ne le frotte donc pas!

FIGARO. — Quel danger?

SUZANNE, *riant.* — S'il y venait un petit bouton, des gens superstitieux...

FIGARO. — Tu ris, friponne! Ah! s'il y avait moyen d'attraper ce grand trompeur, de le faire donner dans un bon piège et d'empocher son or!

SUZANNE. — De l'intrigue et de l'argent[2], te voilà dans ta sphère.

FIGARO. — Ce n'est pas la honte qui me retient.

SUZANNE. — La crainte?

FIGARO. — Ce n'est rien d'entreprendre une chose dangereuse, mais d'échapper au péril en la menant à bien : car d'entrer chez quelqu'un la nuit, de lui souffler sa femme et d'y recevoir cent coups de fouet pour la peine, il n'est rien plus aisé; mille sots coquins l'ont fait. Mais...

On sonne de l'intérieur.

SUZANNE. — Voilà madame éveillée; elle m'a bien recommandé d'être la première à lui parler le matin de mes noces.

FIGARO. — Y a-t-il encore quelque chose là-dessous?

SUZANNE. — Le berger dit que cela porte bonheur aux épouses délaissées. Adieu, mon petit fi, fi, Figaro; rêve à notre affaire.

FIGARO. — Pour m'ouvrir l'esprit, donne un petit baiser.

SUZANNE. — A mon amant aujourd'hui? je t'en souhaite! Et qu'en dirait demain mon mari?

Figaro l'embrasse[3].

SUZANNE. — Hé bien! Hé bien!

FIGARO. — C'est que tu n'as pas d'idée de mon amour.

SUZANNE, *se défripant.* — Quand cesserez-vous, importun, de m'en parler du matin au soir?

---

1. Plaisante allusion à la tradition selon laquelle des cornes viennent orner le front des maris trompés. Suzanne réplique dans le même sens. — 2. *De l'intrigue et de l'argent* : ces deux mots font songer à Beaumarchais lui-même; ils évoquent sa vie et sa conduite. — 3. Ce premier baiser mutin et tendre laisse deviner en Figaro une certaine gentillesse, une sensibilité que l'on méconnaît quelquefois.

FIGARO, *mystérieusement*. — Quand je pourrai te le prouver du soir jusqu'au matin. (*On sonne une seconde fois.*)

SUZANNE, *de loin, les doigts unis sur sa bouche*. — Voilà votre baiser, monsieur, je n'ai plus rien à vous.

FIGARO, *court après elle*. — Oh! mais ce n'est pas ainsi que vous l'avez reçu...

SCÈNE II

FIGARO, seul[1].

La charmante fille! toujours riante, verdissante, pleine de gaieté, d'esprit, d'amour et de délices! mais sage!... (*Il marche vivement en se frottant les mains.*) Ah! monseigneur! mon cher monseigneur! vous voulez m'en donner... à garder[2]! Je cherchais aussi pourquoi, m'ayant nommé concierge, il m'emmène à son ambassade et m'établit courrier de dépêches[3]. J'entends, monsieur le Comte : trois promotions à la fois; vous, compagnon ministre; moi, casse-cou politique; et Suzon, dame du lieu, l'ambassadrice de poche; et puis fouette, courrier! Pendant que je galoperais d'un côté, vous feriez faire de l'autre à ma belle un joli chemin! Me crottant, m'échinant pour la gloire de votre famille : vous, daignant concourir à l'accroissement de la mienne! Quelle douce réciprocité! Mais, monseigneur, il y a de l'abus. Faire à Londres, en même temps, les affaires de votre maître et celles de votre valet! représenter à la fois le roi et moi dans une cour étrangère, c'est trop de moitié, c'est trop. — Pour toi, Basile, fripon mon cadet, je veux t'apprendre à clocher devant les boiteux; je veux... Non, dissimulons avec eux pour les enferrer l'un par l'autre. Attention sur la journée, monsieur Figaro! D'abord, avancer l'heure de votre petite fête, pour épouser plus sûrement; écarter une Marceline qui de vous est friande[4] en diable : empocher l'or et les présents, donner le change aux petites passions de monsieur le Comte; étriller rondement monsieur du Basile, et...

---

1. Ce premier monologue de Figaro annonce celui de l'acte V, beaucoup plus célèbre et important. On y trouve déjà le goût de passer en revue les événements d'une vie mouvementée. 2. — *A garder* : donner à garder est un terme de jeu qui signifie duper, jouer quelqu'un. — 3. *Courrier de dépêches* : Beaumarchais songe à son expérience personnelle, lui qui fut agent secret du roi en Angleterre, en Hollande, en Allemagne. — 4. *Friande* : le mot qualifie bien Marceline qui, déjà mûre, a cependant du goût pour Figaro.

SCÈNE III

MARCELINE, BARTHOLO, FIGARO

FIGARO *s'interrompt*. — ... Hé voilà le gros docteur, la fête sera complète. Hé, bonjour, cher docteur de mon cœur! Est-ce ma noce avec Suzon qui vous attire au château?

BARTHOLO, *avec dédain*. — Ah! mon cher monsieur, point du tout.

FIGARO. — Cela serait bien généreux!

BARTHOLO. — Certainement, et par trop sot.

FIGARO. — Moi qui eus le malheur de troubler la vôtre!

BARTHOLO. — Avez-vous autre chose à nous dire?

FIGARO. — On n'aura pas pris soin de votre mule[1]!

BARTHOLO, *en colère*. — Bavard enragé, laissez-nous!

FIGARO. — Vous vous fâchez, docteur? Les gens de votre état sont bien durs! Pas plus de pitié des pauvres animaux, en vérité... que si c'étaient des hommes! Adieu, Marceline : avez-vous toujours envie de plaider contre moi?

> Pour n'aimer pas, faut-il qu'on se haïsse[2]?

Je m'en rapporte au docteur.

BARTHOLO. — Qu'est-ce que c'est?

FIGARO. — Elle vous le contera de reste.

> Il sort.

SCÈNE IV

MARCELINE, BARTHOLO

BARTHOLO *le regarde aller*. — Ce drôle est toujours le même! et, à moins qu'on ne l'écorche vif, je prédis qu'il mourra dans la peau du plus fier insolent...

MARCELINE *le retourne*. — Enfin, vous voilà donc, éternel docteur, toujours si grave et compassé qu'on pourrait mourir en attendant vos secours, comme on s'est marié jadis malgré vos précautions.

BARTHOLO. — Toujours amère et provocante! Eh bien! qui rend donc ma présence au château si nécessaire? Monsieur le Comte a-t-il eu quelque accident?

1. Dans *Le Barbier de Séville*, Figaro, barbier-vétérinaire, administrait saignées et autres traitements violents à la mule de Bartholo. — 2. Ce vers est tiré de la comédie de Voltaire. *Nanine* (1749).

MARCELINE. — Non, docteur.

BARTHOLO. — La Rosine, sa trompeuse comtesse, est-elle incommodée, Dieu merci?

MARCELINE. — Elle languit.

BARTHOLO. — Et de quoi?

MARCELINE. — Son mari la néglige.

BARTHOLO, *avec joie.* — Ah! le digne époux qui me venge[1]!

MARCELINE. — On ne sait comment définir le Comte; il est jaloux et libertin.

BARTHOLO. — Libertin par ennui, jaloux par vanité; cela va sans dire.

MARCELINE. — Aujourd'hui, par exemple, il marie notre Suzanne à son Figaro, qu'il comble en faveur de cette union...

BARTHOLO. — Que Son Excellence a rendue nécessaire?

MARCELINE. — Pas tout à fait; mais dont Son Excellence voudrait égayer en secret l'événement avec l'épousée...

BARTHOLO. — De M. Figaro? C'est un marché qu'on peut conclure avec lui.

MARCELINE. — Basile assure que non.

BARTHOLO. — Cet autre maraud loge ici? C'est une caverne! Et qu'y fait-il?

MARCELINE. — Tout le mal dont il est capable. Mais le pis que j'y trouve est cette ennuyeuse passion qu'il a pour moi depuis si longtemps.

BARTHOLO. — Je me serais débarrassé vingt fois de sa poursuite.

MARCELINE. — De quelle manière?

BARTHOLO. — En l'épousant.

MARCELINE. — Railleur fade et cruel, que ne vous débarrassez-vous de la mienne à ce prix? Ne le devez-vous pas? Où est le souvenir de vos engagements? Qu'est devenu celui de notre petit Emmanuel[2], ce fruit d'un amour oublié, qui devait nous conduire à des noces?

BARTHOLO, *ôtant son chapeau.* — Est-ce pour écouter ces sornettes que vous m'avez fait venir de Séville, et cet accès d'hymen qui vous reprend si vif?...

MARCELINE. — Eh bien! n'en parlons plus. Mais si rien n'a pu vous porter à la justice de m'épouser, aidez-moi donc du moins à en épouser un autre.

---

1. N'oublions pas que c'est à Bartholo que, dans *Le Barbier de Séville*, fut ravie la Comtesse, qui n'était alors que Rosine. — 2. *Emmanuel* : il faut prêter grande attention à ce petit Emmanuel, fruit des amours oubliées de Marceline et de Bartholo. Il éclairera les reconnaissances de l'acte III d'une façon décisive et imprévue.

BARTHOLO. — Ah! volontiers : parlons. Mais quel mortel abandonné du ciel et des femmes...

MARCELINE. — Eh! qui pourrait-ce être, docteur, sinon le beau, le gai, l'aimable Figaro?

BARTHOLO. — Ce fripon-là?

MARCELINE. — Jamais fâché, toujours en belle humeur; donnant le présent à la joie et s'inquiétant de l'avenir tout aussi peu que du passé; sémillant, généreux; généreux...

BARTHOLO. — Comme un voleur.

MARCELINE. — Comme un seigneur; charmant enfin : mais c'est le plus grand monstre!

BARTHOLO. — Et sa Suzanne?

MARCELINE. — Elle ne l'aurait pas, la rusée, si vous vouliez m'aider, mon petit docteur, à faire valoir un engagement que j'ai de lui.

BARTHOLO. — Le jour de son mariage?

MARCELINE. — On en rompt de plus avancés : et si je ne craignais d'éventer un petit secret des femmes!...

BARTHOLO. — En ont-elles pour le médecin du corps?

MARCELINE. — Ah! vous savez que je n'en ai pas pour vous. Mon sexe est ardent, mais timide : un certain charme a beau nous attirer vers le plaisir, la femme la plus aventurée sent en elle une voix qui lui dit : Sois belle si tu peux, sage si tu veux; mais sois considérée, il le faut[1]. Or, puisqu'il faut être au moins considérée, que toute femme en sent l'importance, effrayons d'abord la Suzanne sur la divulgation des offres qu'on lui fait.

discrète

BARTHOLO. — Où cela mènera-t-il?

MARCELINE. — Que, la honte la prenant au collet, elle continuera de refuser le Comte, lequel, pour se venger, appuiera l'opposition que j'ai faite à son mariage; alors le mien devient certain.

BARTHOLO. — Elle a raison. Parbleu! c'est un bon tour que de faire épouser ma vieille gouvernante au coquin qui fit enlever ma jeune maîtresse.

MARCELINE, *vite.* — Et qui croit ajouter à ses plaisirs en trompant mes espérances.

BARTHOLO, *vite.* — Et qui m'a volé dans le temps cent écus que j'ai sur le cœur.

MARCELINE. — Ah! quelle volupté!...

BARTHOLO. — De punir un scélérat...

MARCELINE. — De l'épouser, docteur, de l'épouser!

1. Ce précepte qui, dans la bouche de Marceline, révèle une sûre connais- | sance des femmes, inspira souvent aussi la conduite de Beaumarchais.

SCÈNE V

MARCELINE, BARTHOLO, SUZANNE

SUZANNE, *un bonnet de femme avec un large ruban[1] dans la main, une robe de femme sur le bras.* — L'épouser! l'épouser! Qui donc? mon Figaro?

MARCELINE, *aigrement.* — Pourquoi non? Vous l'épousez bien!

BARTHOLO, *riant.* — Le bon argument de femme en colère! Nous parlions, belle Suzon, du bonheur qu'il aura de vous posséder.

MARCELINE. — Sans compter monseigneur, dont on ne parle pas.

SUZANNE, *une révérence[2].* — Votre servante, madame; il y a toujours quelque chose d'amer dans vos propos.

MARCELINE, *une révérence.* — Bien la vôtre, madame. Où donc est l'amertume? n'est-il pas juste qu'un libéral seigneur partage un peu la joie qu'il procure à ses gens?

SUZANNE. — Qu'il procure?

MARCELINE. — Oui, madame.

SUZANNE. — Heureusement la jalousie de madame est aussi connue que ses droits sur Figaro sont légers.

MARCELINE. — On eût pu les rendre plus forts; en les cimentant à la façon de madame.

SUZANNE. — Oh! cette façon, madame, est celle des dames savantes.

MARCELINE. — Et l'enfant ne l'est pas du tout! Innocente comme un vieux juge!

BARTHOLO, *attirant Marceline.* — Adieu, jolie fiancée de notre Figaro.

MARCELINE, *une révérence.* — L'accordée secrète de monseigneur.

SUZANNE, *une révérence.* — Qui vous estime beaucoup, madame.

MARCELINE, *une révérence.* — Me fera-t-elle aussi l'honneur de me chérir un peu, madame?

SUZANNE, *une révérence.* — A cet égard, madame n'a rien à désirer.

MARCELINE, *une révérence.* — C'est une si jolie personne que madame!

---

1. C'est le ruban que bientôt Chérubin dérobera à Suzanne. — 2. Ici, une succession de révérences ironiques qui soulignent les répliques mordantes ou amères, que vont échanger Suzanne et Marceline. On pense à certaines scènes de la comédie classique, par exemple le duel Célimène-Arsinoé dans *Le Misanthrope.*

SUZANNE, *une révérence.* — Eh! mais assez pour désoler madame.

MARCELINE, *une révérence.* — Surtout bien respectable!

SUZANNE, *une révérence.* — C'est aux duègnes[1] à l'être.

MARCELINE, *outrée.* — Aux duègnes! aux duègnes!

BARTHOLO, *l'arrêtant.* — Marceline!

MARCELINE. — Allons! docteur, car je n'y tiendrais pas. Bonjour, madame.

Une révérence.

SCÈNE VI
SUZANNE, seule.

Allez, madame, allez, pédante! Je crains aussi peu vos efforts que je méprise vos outrages. — Voyez cette vieille sibylle[2]! parce qu'elle a fait quelques études et tourmenté la jeunesse de madame, elle veut tout dominer au château! (*Elle jette la robe qu'elle tient sur une chaise.*) Je ne sais plus ce que je venais prendre.

SCÈNE VII
SUZANNE, CHÉRUBIN

CHÉRUBIN, *accourant.* — Ah! Suzon! depuis deux heures j'épie le moment de te trouver seule. Hélas! tu te maries, et moi je vais partir.

SUZANNE. — Comment mon mariage éloigne-t-il du château le premier page de monseigneur?

CHÉRUBIN, *piteusement.* — Suzanne, il me renvoie.

SUZANNE *le contrefait.* — Chérubin, quelque sottise!

CHÉRUBIN. — Il m'a trouvé hier au soir chez ta cousine Fanchette[3] à qui je faisais répéter son petit rôle d'innocente pour la fête de ce soir : il s'est mis dans une fureur en me voyant! — *Sortez*, m'a-t-il dit, *petit...* Je n'ose pas prononcer devant une femme le gros mot qu'il a dit : *sortez et demain vous ne coucherez pas au château.* Si madame, si ma belle marraine, ne parvient pas

---

1. *Duègnes* : une duègne est une gouvernante ou une femme mûre chargée de veiller, en Espagne, sur une jeune fille. Le mot désigne par suite une femme d'âge respectable. — 2. *Sibylle* : synonyme de devineresse, et ici de sorcière. — 3. *Fan-* chette : c'est la fille du jardinier Antonio qui est l'oncle de Suzanne. Chérubin lui conte volontiers fleurette, ce qui ne l'empêche pas, on le voit, de prêter attention à Suzanne et à la Comtesse, sa « belle marraine ». Il découvre, au fond, toutes les femmes.

à l'apaiser, c'est fait, Suzon; je suis à jamais privé du bonheur de te voir.

SUZANNE. — De me voir? moi? c'est mon tour! ce n'est donc plus pour ma maîtresse que vous soupirez en secret?

CHÉRUBIN. — Ah! Suzon, qu'elle est noble et belle! mais qu'elle est imposante!

SUZANNE. — C'est-à-dire que je ne le suis pas et qu'on peut oser avec moi...

CHÉRUBIN. — Tu sais trop bien, méchante, que je n'ose pas oser. Mais que tu es heureuse! à tous moments la voir, lui parler, l'habiller le matin et la déshabiller[1] le soir, épingle à épingle... Ah! Suzon! je donnerais... Qu'est-ce que tu tiens donc là?

SUZANNE, *raillant*. — Hélas! l'heureux bonnet et le fortuné ruban qui renferment la nuit les cheveux de cette belle marraine...

CHÉRUBIN, *vivement*. — Son ruban de nuit! Donne-le-moi, mon cœur.

SUZANNE, *le retirant*. — Eh que non pas! — *Son cœur!* Comme il est familier donc! si ce n'était pas un morveux sans conséquence... (*Chérubin arrache le ruban.*) Ah! le ruban!

CHÉRUBIN *tourne autour du grand fauteuil*. — Tu diras qu'il est égaré, gâté; qu'il est perdu. Tu diras tout ce que tu voudras.

SUZANNE *tourne après lui*. — Oh! dans trois ou quatre ans, je prédis que vous serez le plus grand petit vaurien!... Rendez-vous le ruban?

Elle veut le reprendre.

CHÉRUBIN *tire une romance de sa poche*. — Laisse, ah! laisse-le-moi, Suzon; je te donnerai ma romance; et, pendant que le souvenir de ta belle maîtresse attristera tous mes moments, le tien y versera le seul rayon de joie qui puisse encore amuser mon cœur[2].

SUZANNE *arrache la romance*. — Amuser votre cœur, petit scélérat! vous croyez parler à votre Fanchette. On vous surprend chez elle, et vous soupirez pour madame; et vous m'en contez à moi, par-dessus le marché!

CHÉRUBIN, *exalté*. — Cela est vrai, d'honneur! je ne sais plus ce que je suis; mais, depuis quelque temps, je sens ma poitrine agitée; mon cœur palpite au seul aspect d'une femme; les mots *amour* et *volupté* le font tressaillir et le troublent. Enfin le besoin de dire à quelqu'un : *Je vous aime*, est devenu pour moi si pressant que je le dis tout seul, en courant dans le parc, à ta maîtresse, à

---

1. L'émoi du jeune Chérubin en face de la Comtesse est teinté d'une sensualité légère. — 2. Remarquer ce ton naïvement emphatique de **Chérubin**, qui traduit bien l'enthousiasme facile et un peu déclamatoire de son âge.

toi, aux arbres, aux nuages, au vent qui les emporte avec mes paroles perdues. — Hier je rencontrai Marceline...

SUZANNE, *riant*. — Ah, ah, ah, ah!

CHÉRUBIN. — Pourquoi non? elle eſt femme! elle eſt fille! Une fille! une femme! ah, que ces noms sont doux! qu'ils sont intéressants!

SUZANNE. — Il devient fou!

CHÉRUBIN. — Fanchette eſt douce; elle m'écoute au moins; tu ne l'es pas, toi!

SUZANNE. — C'eſt bien dommage : écoutez donc, monsieur!

Elle veut arracher le ruban.

CHÉRUBIN *tourne en fuyant*. — Ah! ouiche[1]! on ne l'aura, vois-tu, qu'avec ma vie. Mais, si tu n'es pas contente du prix, j'y joindrai mille baisers.

Il lui donne chasse à son tour.

SUZANNE *tourne en fuyant*. — Mille soufflets, si vous approchez. Je vais m'en plaindre à ma maîtresse; et, loin de supplier pour vous, je dirai moi-même à monseigneur : " C'eſt bien fait, monseigneur; chassez-nous ce petit voleur; renvoyez à ses parents un petit mauvais sujet qui se donne les airs d'aimer madame, et qui veut toujours m'embrasser par contrecoup. "

CHÉRUBIN *voit le Comte entrer : il se jette derrière le fauteuil avec effroi*. — Je suis perdu.

SUZANNE. — Quelle frayeur!...

SCÈNE VIII

SUZANNE, LE COMTE, CHÉRUBIN, caché.

SUZANNE *aperçoit le Comte*. — Ah!...

Elle s'approche du fauteuil pour masquer Chérubin.

LE COMTE *s'avance*. — Tu es émue[2], Suzon! tu parlais seule, et ton petit cœur paraît dans une agitation... bien pardonnable, au reſte, un jour comme celui-ci.

SUZANNE, *troublée*. — Monseigneur, que me voulez-vous? Si l'on vous trouvait avec moi...

---

1. *Ouiche* : exclamation très familière signifiant : oh oui! — 2. Il y a un malentendu au début de cette scène : le Comte prend l'émotion inquiète de Suzanne, qui vient de cacher Chérubin, pour un trouble que peut-être sa présence fait naître.

LE COMTE. — Je serais désolé qu'on m'y surprît, mais tu sais
tout l'intérêt que je prends à toi. Basile ne t'a pas laissé ignorer
mon amour. Je n'ai qu'un instant pour t'expliquer mes vues;
écoute.

Il s'assied dans le fauteuil.

SUZANNE, *vivement*. — Je n'écoute rien.

LE COMTE *lui prend la main*. — Un seul mot. Tu sais que le roi
m'a nommé son ambassadeur à Londres. J'emmène avec moi
Figaro; je lui donne un excellent poste; et, comme le devoir d'une
femme est de suivre son mari...

SUZANNE. — Ah! si j'osais parler!

LE COMTE *la rapproche de lui*. — Parle, parle, ma chère; use
aujourd'hui d'un droit que tu prends sur moi pour la vie.

SUZANNE, *effrayée*. — Je n'en veux point, monseigneur, je n'en
veux point! Quittez-moi, je vous prie.

LE COMTE. — Mais dis auparavant.

SUZANNE, *en colère*. — Je ne sais plus ce que je disais.

LE COMTE. — Sur le devoir des femmes.

SUZANNE. — Eh bien! lorsque monseigneur enleva la sienne
de chez le docteur et qu'il l'épousa par amour, lorsqu'il abolit
pour elle un certain affreux droit du seigneur...

LE COMTE, *gaiement*. — Qui faisait bien de la peine aux filles[1]!...
Ah! Suzette! ce droit charmant! si tu venais en jaser sur la brune[2]
au jardin, je mettrais un tel prix à cette légère faveur...

BASILE *parle en dehors*. — Il n'est pas chez lui, monseigneur.

LE COMTE *se lève*. — Quelle est cette voix?

SUZANNE. — Que je suis malheureuse!

LE COMTE. — Sors, pour qu'on n'entre pas.

SUZANNE, *troublée*. — Que je vous laisse ici?

BASILE *crie au-dehors*. — Monseigneur était chez madame, il en
est sorti : je vais voir.

LE COMTE. — Et pas un lieu pour se cacher! Ah! derrière
ce fauteuil... assez mal; mais renvoie-le bien vite.

Suzanne lui barre le chemin; il la pousse doucement, elle recule et se met ainsi
entre lui et le petit page : mais, pendant que le Comte s'abaisse et prend sa
place, Chérubin tourne et se jette, effrayé, sur le fauteuil, à genoux, et s'y
blottit. Suzanne prend la robe qu'elle apportait, en couvre le page et se
met devant le fauteuil[3].

---

1. Noter le ton aisément cavalier du
Comte qui se débarrasse allégrement
de tout scrupule. — 2. *La brune* :
l'heure où le jour baisse, le crépuscule,
le soir. — 3. Remarquer l'amusante
complexité de ce jeu de scène; elle jus-
tifiera certaines reparties du Comte à
la scène suivante (47e et 49e répliques).

SCÈNE IX

LE COMTE et CHÉRUBIN, cachés.
SUZANNE, BASILE

BASILE. — N'auriez-vous pas vu monseigneur, mademoiselle?

SUZANNE, *brusquement*. — Hé! pourquoi l'aurais-je vu? Laissez-moi.

BASILE *s'approche*. — Si vous étiez plus raisonnable, il n'y aurait rien d'étonnant à ma question. C'est Figaro qui le cherche.

SUZANNE. — Il cherche donc l'homme qui lui veut le plus de mal après vous?

LE COMTE, *à part*. — Voyons un peu comme il me sert.

BASILE. — Désirer du bien à une femme, est-ce vouloir du mal à son mari?

SUZANNE. — Non, dans vos affreux principes, agent de corruption!

BASILE. — Que vous demande-t-on ici que vous n'alliez prodiguer à un autre? Grâce à la douce cérémonie, ce qu'on vous défendait hier, on vous le prescrira demain.

SUZANNE. — Indigne!

BASILE. — De toutes les choses sérieuses, le mariage étant la plus bouffonne, j'avais pensé...

SUZANNE, *outrée*. — Des horreurs!... Qui vous permet d'entrer ici?

BASILE. — Là, là, mauvaise! Dieu vous apaise, il n'en sera que ce que vous voulez. Mais ne croyez pas non plus que je regarde M. Figaro comme l'obstacle qui nuit à monseigneur; et, sans le petit page...

SUZANNE, *timidement*. — Don Chérubin?

BASILE *la contrefait*. — *Cherubino di amore*[1], qui tourne autour de vous sans cesse, et qui ce matin encore rôdait ici pour y entrer, quand je vous ai quittée. Dites que cela n'est pas vrai?

SUZANNE. — Quelle imposture! Allez-vous-en, méchant homme!

BASILE. — On est un méchant homme parce qu'on y voit clair. N'est-ce pas pour vous aussi cette romance dont il fait mystère?

SUZANNE, *en colère*. — Ah! oui, pour moi!

BASILE. — A moins qu'il ne l'ait composée pour madame! En effet, quand il sert à table on dit qu'il la regarde avec des

---

1. *Cherubino di amore* : Chérubin d'amour. Basile contrefait Suzanne en traduisant ses paroles en un italien doucereux. L'italien est la langue classique du chant au XVIIIe siècle et Basile est maître à chanter.

yeux!... Mais peſte, qu'il ne s'y joue pas; monseigneur eſt *brutal* sur l'article.

SUZANNE, *outrée*. — Et vous bien scélérat, d'aller semant de pareils bruits pour perdre un malheureux enfant tombé dans la disgrâce de son maître.

BASILE. — L'ai-je inventé? Je le dis, parce que tout le monde en parle.

LE COMTE *se lève*. — Comment, tout le monde en parle!

SUZANNE. — Ah! ciel!

BASILE. — Ha! ha!

LE COMTE. — Courez, Basile, et qu'on le chasse.

BASILE. — Ah! que je suis fâché d'être entré!

SUZANNE, *troublée*. — Mon Dieu! mon Dieu!

LE COMTE, *à Basile*. — Elle eſt saisie. Asseyons-la dans ce fauteuil.

SUZANNE *le repousse vivement*. — Je ne veux pas m'asseoir. Entrer ainsi librement, c'eſt indigne!

LE COMTE. — Nous sommes deux avec toi, ma chère. Il n'y a plus le moindre danger!

BASILE. — Moi, je suis désolé de m'être égayé sur le page, puisque vous l'entendiez; je n'en usais ainsi que pour pénétrer ses sentiments; car au fond...

LE COMTE. — Cinquante piſtoles[1], un cheval, et qu'on le renvoie à ses parents.

BASILE. — Monseigneur, pour un badinage?

LE COMTE. — Un petit libertin que j'ai surpris encore hier avec la fille du jardinier.

BASILE. — Avec Fanchette?

LE COMTE. — Et dans sa chambre.

SUZANNE, *outrée*. — Où monseigneur avait sans doute affaire aussi.

LE COMTE, *gaiement*. — J'en aime assez la remarque.

BASILE. — Elle eſt d'un bon augure.

LE COMTE, *gaiement*. — Mais non; j'allais chercher ton oncle Antonio, mon ivrogne de jardinier, pour lui donner des ordres. Je frappe, on eſt longtemps à m'ouvrir; ta cousine a l'air empêtré, je prends un soupçon, je lui parle, et, tout en causant, j'examine. Il y avait derrière la porte une espèce de rideau, de portemanteau, de je ne sais pas quoi, qui couvrait des hardes : sans faire semblant de rien, je vais doucement, doucement, lever ce rideau... (*Pour imiter le geſte, il lève la robe du fauteuil*) et je vois... (*Il aperçoit le page.*) Ah!...

---

1. *Pistoles* : ancienne monnaie d'or française.

Photo Hachette.

ACTE I, SC. IX.
Gravure de Saint-Quentin.

BASILE. — Ha! ha!

LE COMTE. — Ce tour-ci vaut l'autre.

BASILE. — Encore mieux.

LE COMTE, *à Suzanne.* — A merveille, mademoiselle : à peine fiancée, vous faites de ces apprêts[1]? C'était pour recevoir mon page que vous désiriez d'être seule? Et vous, monsieur, qui ne changez point de conduite, il vous manquait de vous adresser, sans respect pour votre marraine, à sa première camériste, à la femme de votre ami! Mais je ne souffrirai pas que Figaro, qu'un homme que j'estime, et que j'aime, soit victime d'une pareille tromperie[2]. Était-il avec vous, Basile?

SUZANNE, *outrée.* — Il n'y a tromperie ni victime; il était là lorsque vous me parliez.

LE COMTE, *emporté.* — Puisses-tu mentir en le disant! son plus cruel ennemi n'oserait lui souhaiter ce malheur.

SUZANNE. — Il me priait d'engager madame à vous demander sa grâce. Votre arrivée l'a si fort troublé qu'il s'est masqué de ce fauteuil.

LE COMTE, *en colère.* — Ruse d'enfer! je m'y suis assis en entrant.

CHÉRUBIN. — Hélas! monseigneur, j'étais tremblant derrière.

LE COMTE. — Autre fourberie! Je viens de m'y placer moi-même.

CHÉRUBIN. — Pardon, mais c'est alors que je me suis blotti dedans.

LE COMTE, *plus outré.* — C'est donc une couleuvre que ce petit... serpent-là! il nous écoutait!

CHÉRUBIN. — Au contraire, monseigneur, j'ai fait ce que j'ai pu pour ne rien entendre.

LE COMTE. — O perfidie! (*A Suzanne.*) Tu n'épouseras pas Figaro.

BASILE. — Contenez-vous, on vient.

LE COMTE *tirant Chérubin du fauteuil et le mettant sur ses pieds.* — Il resterait là devant toute la terre!

1. *Apprêts* : au sens de : préparatifs trompeurs. — 2. Il convient de souligner le caractère plaisant de la fausse indignation du Comte qui est le premier à vouloir tromper Figaro.

SCÈNE X

CHÉRUBIN, SUZANNE, FIGARO, LA COMTESSE, LE COMTE, FANCHETTE, BASILE

Beaucoup de valets, paysannes, paysans vêtus de blanc.

FIGARO, *tenant une toque de femme[1], garnie de plumes blanches et de rubans blancs, parle à la Comtesse.* — Il n'y a que vous, madame, qui puissiez nous obtenir cette faveur.

LA COMTESSE. — Vous les voyez, monsieur le Comte, ils me supposent un crédit que je n'ai point; mais comme leur demande n'est pas déraisonnable...

LE COMTE, *embarrassé.* — Il faudrait qu'elle le fût beaucoup...

FIGARO, *bas à Suzanne.* — Soutiens bien mes efforts.

SUZANNE, *bas à Figaro.* — Qui ne mèneront à rien.

FIGARO, *bas.* — Va toujours.

LE COMTE, *à Figaro.* — Que voulez-vous?

FIGARO. — Monseigneur, vos vassaux, touchés de l'abolition d'un certain droit fâcheux que votre amour pour madame...

LE COMTE. — Eh bien! ce droit n'existe plus : que veux-tu dire?

FIGARO, *malignement.* — Qu'il est bien temps que la vertu d'un si bon maître éclate! Elle m'est d'un tel avantage aujourd'hui que je désire être le premier à la célébrer à mes noces.

LE COMTE, *plus embarrassé.* — Tu te moques, ami! l'abolition d'un droit honteux n'est que l'acquit d'une dette envers l'honnêteté. Un Espagnol[2] peut vouloir conquérir la beauté par des soins; mais en exiger le premier, le plus doux emploi, comme une servile redevance, ah! c'est la tyrannie d'un Vandale et non le droit avoué d'un noble Castillan.

FIGARO, *tenant Suzanne par la main.* — Permettez donc que cette jeune créature, de qui votre sagesse a préservé l'honneur, reçoive de votre main publiquement la toque virginale, ornée de plumes et de rubans blancs, symbole de la pureté de vos intentions adoptez-en la cérémonie pour tous les mariages et qu'un quatrain chanté en chœur rappelle à jamais le souvenir...

LE COMTE, *embarrassé.* — Si je ne savais pas qu'amoureux poète et musicien sont trois titres d'indulgence pour toutes les folies...

---

1. La fameuse toque virginale chargée de symboliques ornements blancs, placée sur la tête de Suzanne, prendra la valeur d'un gage de pureté et de fidélité. — 2. *Un Espagnol* : noter le mot Espagnol et un peu plus loin le mot Castillan. Beaumarchais prend soin de temps en temps de nous rappeler que nous sommes en Espagne car nous nous croirions en France

FIGARO. — Joignez-vous à moi, mes amis!

TOUS ENSEMBLE. — Monseigneur! Monseigneur!

SUZANNE, *au Comte*. — Pourquoi fuir un éloge que vous méritez si bien?

LE COMTE, *à part*. — La perfide!

FIGARO. — Regardez-la donc, monseigneur; jamais plus jolie fiancée ne montrera mieux la grandeur de votre sacrifice.

SUZANNE. — Laissez là ma figure et ne vantons que sa vertu.

LE COMTE, *à part*. — C'est un jeu que tout ceci.

LA COMTESSE. — Je me joins à eux[1], monsieur le Comte; et cette cérémonie me sera toujours chère, puisqu'elle doit son motif à l'amour charmant que vous aviez pour moi.

LE COMTE. — Que j'ai toujours, madame; et c'est à ce titre que je me rends.

TOUS ENSEMBLE. — *Vivat!*

LE COMTE, *à part*. — Je suis pris. (*Haut.*) Pour que la cérémonie eût un peu plus d'éclat, je voudrais seulement qu'on la remît à tantôt. (*A part.*) Faisons vite chercher Marceline.

FIGARO, *à Chérubin*. — Eh bien! espiègle, vous n'applaudissez pas?

SUZANNE. — Il est au désespoir! Monseigneur le renvoie.

LA COMTESSE. — Ah! monsieur, je demande sa grâce.

LE COMTE. — Il ne la mérite point.

LA COMTESSE. — Hélas! il est si jeune!

LE COMTE. — Pas tant que vous le croyez.

CHÉRUBIN, *tremblant*. — Pardonner généreusement n'est pas le droit du seigneur auquel vous avez renoncé en épousant madame.

LA COMTESSE. — Il n'a renoncé qu'à celui qui vous affligeait tous.

SUZANNE. — Si monseigneur avait cédé le droit de pardonner, ce serait sûrement le premier qu'il voudrait racheter en secret.

LE COMTE, *embarrassé*. — Sans doute.

LA COMTESSE. — Et pourquoi le racheter?

CHÉRUBIN, *au Comte*. — Je fus léger dans ma conduite, il est vrai, monseigneur; mais jamais la moindre indiscrétion[2] dans mes paroles...

LE COMTE, *embarrassé*. — Eh bien! c'est assez...

FIGARO. — Qu'entend-il?

LE COMTE, *vivement*. — C'est assez, c'est assez; tout le monde

1. C'est une véritable coalition qui s'est formée contre Almaviva. La Comtesse y entre la dernière. — 2. L'excuse de Chérubin est malicieuse. Le jeune homme exerce ici sur le Comte un léger chantage qui témoigne d'une belle rouerie.

exige son pardon, je l'accorde, et j'irai plus loin. Je lui donne une
compagnie dans ma légion.

TOUS ENSEMBLE. — *Vivat!*

LE COMTE. — Mais c'est à condition qu'il partira sur-le-champ,
pour joindre en Catalogne.

FIGARO. — Ah! monseigneur, demain!

LE COMTE *insiste*. — Je le veux.

CHÉRUBIN. — J'obéis.

LE COMTE. — Saluez votre marraine et demandez sa protection.

Chérubin met un genou en terre devant la Comtesse et ne peut parler.

LA COMTESSE, *émue*[1]. — Puisqu'on ne peut vous garder seulement aujourd'hui, partez, jeune homme. Un nouvel état vous
appelle; allez le remplir dignement. Honorez votre bienfaiteur.
Souvenez-vous de cette maison, où votre jeunesse a trouvé tant
d'indulgence. Soyez soumis, honnête et brave; nous prendrons
part à vos succès.

Chérubin se relève et retourne à sa place.

LE COMTE. — Vous êtes bien émue, madame!

LA COMTESSE. — Je ne m'en défends pas. Qui sait le sort d'un
enfant jeté dans une carrière aussi dangereuse! Il est allié de mes
parents; et, de plus, il est mon filleul.

LE COMTE, *à part*. — Je vois que Basile avait raison. (*Haut.*)
Jeune homme, embrassez Suzanne... pour la dernière fois.

FIGARO. — Pourquoi cela, monseigneur? Il viendra passer
ses hivers. Baise-moi donc aussi, capitaine! (*Il l'embrasse.*) Adieu,
mon petit Chérubin. Tu vas mener un train de vie bien différent,
mon enfant : dame! tu ne rôderas plus tout le jour au quartier
des femmes : plus d'échaudés[2], de goûtés à la crème; plus de main-
chaude ou de colin-maillard. De bons soldats, morbleu! basanés,
mal vêtus; un grand fusil bien lourd : tourne à droite, tourne à
gauche, en avant, marche à la gloire; et ne va pas broncher en
chemin; à moins qu'un bon coup de feu...

SUZANNE. — Fi donc, l'horreur!

LA COMTESSE. — Quel pronostic!

LE COMTE. — Où donc est Marceline? Il est bien singulier
qu'elle ne soit pas des vôtres.

FANCHETTE. — Monseigneur, elle a pris le chemin du bourg,
par le petit sentier de la ferme.

---

1. Cette émotion n'est pas feinte et
la comtesse répond à l'amour de Chérubin par une tendresse mal dissimulée. — 2. *Echaudés* : pâtisseries
très légères faites de pâte échaudée;
main-chaude et *colin-maillard* sont des
jeux de poursuite fort en vogue au
XVIIIe siècle. Chérubin ne l'oublions
pas, est un enfant.

LE COMTE. — Et elle en reviendra?...

BASILE. — Quand il plaira à Dieu.

FIGARO. — S'il lui plaisait qu'il ne lui plût jamais!...

FANCHETTE. — Monsieur le docteur lui donnait le bras.

LE COMTE, *vivement*. — Le docteur est ici!

BASILE. — Elle s'en est d'abord emparée.

LE COMTE, *à part*. — Il ne pouvait venir plus à propos.

FANCHETTE. — Elle avait l'air bien échauffé; elle parlait tout haut en marchant, puis elle s'arrêtait et faisait comme ça de grands bras... et monsieur le docteur lui faisait comme ça de la main, en l'apaisant. Elle paraissait si courroucée! elle nommait mon cousin Figaro.

LE COMTE *lui prend le menton*. — Cousin... futur.

FANCHETTE, *montrant Chérubin*. — Monseigneur, nous avez-vous pardonné d'hier?...

LE COMTE *interrompt*. — Bonjour, bonjour, petite.

FIGARO. — C'est son chien d'amour qui la berce; elle aurait troublé notre fête.

LE COMTE, *à part*. — Elle la troublera, je t'en réponds. (*Haut.*) Allons, madame, entrons. Basile, vous passerez chez moi.

SUZANNE, *à Figaro*. — Tu me rejoindras, mon fils?

FIGARO, *bas à Suzanne*. — Est-il bien enfilé[1]?

SUZANNE, *bas*. — Charmant garçon.

Ils sortent tous.

SCÈNE XI

CHÉRUBIN, FIGARO, BASILE

Pendant qu'on sort, Figaro les arrête tous deux et les ramène.

FIGARO. — Ah! çà, vous autres, la cérémonie adoptée, ma fête de ce soir en est la suite; il faut bravement nous recorder[2] : ne faisons point comme ces acteurs qui ne jouent jamais si mal que le jour où la critique est le plus éveillée. Nous n'avons point de lendemain qui nous excuse, nous. Sachons bien nos rôles aujourd'hui.

BASILE, *malignement*. — Le mien est plus difficile que tu ne crois.

FIGARO, *faisant, sans qu'il le voie, le geste de le rosser*. — Tu es loin aussi de savoir tout le succès qu'il te vaudra.

---

1. *Enfilé* : signifie ici : battu au jeu; *enfiler* est un terme de trictrac qui signifie « réussir » plusieurs trous. — 2. *Nous recorder* : *se recorder* signifie répéter plusieurs fois, pour s'entraîner, ce que l'on doit dire ou faire.

CHÉRUBIN. — Mon ami, tu oublies que je pars.

FIGARO. — Et toi, tu voudrais bien rester!

CHÉRUBIN. — Ah! si je le voudrais!

FIGARO. — Il faut ruser. Point de murmure à ton départ. Le manteau de voyage à l'épaule; arrange ouvertement ta trousse et qu'on voie ton cheval à la grille; un temps de galop jusqu'à la ferme; reviens à pied par les derrières; monseigneur te croira parti; tiens-toi seulement hors de sa vue; je me charge de l'apaiser après la fête.

CHÉRUBIN. — Mais Fanchette qui ne sait pas son rôle!

BASILE. — Que diable lui apprenez-vous donc, depuis huit jours que vous ne la quittez pas?

FIGARO. — Tu n'as rien à faire aujourd'hui, donne-lui par grâce une leçon.

BASILE. — Prenez garde, jeune homme, prenez garde! le père n'est pas satisfait; la fille a été souffletée; elle n'étudie pas avec vous : Chérubin! Chérubin! vous lui causerez des chagrins! *Tant va la cruche à l'eau...*

FIGARO. — Ah! voilà notre imbécile avec ses vieux proverbes[1]! Hé bien, pédant! que dit la sagesse des nations? *Tant va la cruche à l'eau qu'à la fin...*

BASILE. — Elle s'emplit.

FIGARO, *en s'en allant.* — Pas si bête, pourtant, pas si bête!

ACTE II

Le théâtre représente une chambre à coucher superbe, un grand lit en alcôve, une estrade au-devant. La porte pour entrer s'ouvre et se ferme à la troisième coulisse à droite; celle d'un cabinet, à la première coulisse à gauche. Une porte, dans le fond, va chez les femmes. Une fenêtre s'ouvre de l'autre côté[2].

SCÈNE I

SUZANNE, LA COMTESSE

entrent par la porte à droite.

LA COMTESSE *se jette dans une bergère.* — Ferme la porte, Suzanne, et conte-moi tout dans le plus grand détail.

---

1. Basile s'est déjà révélé amateur de proverbes dans *Le Barbier* (acte IV, début de la scène 1). — 2. Remarquer avec quel souci de précision Beaumarchais prévoit le décor. Il est aussi scrupuleux en ce qui concerne les gestes et le jeu des acteurs. C'est une tendance nouvelle dans le théâtre français.

SUZANNE. — Jen'ai rien caché à madame.

LA COMTESSE. — Quoi! Suzon, il voulait te séduire?

SUZANNE. — Oh! que non! Monseigneur n'y met pas tant de façon avec sa servante : il voulait m'acheter[1].

LA COMTESSE. — Et le petit page était présent?

SUZANNE. — C'est-à-dire caché derrière le grand fauteuil. Il venait me prier de vous demander sa grâce.

LA COMTESSE. — Eh! pourquoi ne pas s'adresser à moi-même? Est-ce que je l'aurais refusé, Suzon?

SUZANNE. — C'est ce que j'ai dit : mais ses regrets de partir, et surtout de quitter madame! *Ah! Suzon, qu'elle est noble et belle! mais qu'elle est imposante!*

LA COMTESSE. — Est-ce que j'ai cet air-là, Suzon? moi qui l'ai toujours protégé.

SUZANNE. — Puis il a vu votre ruban de nuit que je tenais; il s'est jeté dessus...

LA COMTESSE, *souriant.* — Mon ruban?... Quelle enfance[2]!

SUZANNE. — J'ai voulu le lui ôter : madame, c'était un lion; ses yeux brillaient... " Tu ne l'auras qu'avec ma vie ", disait-il en forçant sa petite voix douce et grêle.

LA COMTESSE, *rêvant.* — Eh bien, Suzon?

SUZANNE. — Eh bien, madame, est-ce qu'on peut faire finir ce petit démon-là? Ma marraine par-ci; je voudrais bien par l'autre : et parce qu'il n'oserait seulement baiser la robe de madame, il voudrait toujours m'embrasser, moi.

LA COMTESSE, *rêvant.* — Laissons... laissons ces folies... Enfin, ma pauvre Suzanne, mon époux a fini par te dire...

SUZANNE. — Que, si je ne voulais pas l'entendre, il allait protéger Marceline.

LA COMTESSE *se lève et se promène, en se servant fortement de l'éventail.* — Il ne m'aime plus du tout[3].

SUZANNE. — Pourquoi tant de jalousie?

LA COMTESSE. — Comme tous les maris, ma chère! uniquement par orgueil. Ah! je l'ai trop aimé; je l'ai lassé de mes tendresses et fatigué de mon amour; voilà mon seul tort avec lui : mais je n'entends pas que cet honnête aveu te nuise, et tu épouseras Figaro. Lui seul peut nous y aider : viendra-t-il?

SUZANNE. — Dès qu'il verra partir la chasse.

---

1. Suzanne a son franc parler. — 2. *Enfance* : signifie ici : comportement digne d'un enfant. Nous dirions aujourd'hui : enfantillage. — 3. Le ton est ici sincèrement douloureux et désabusé comme va le montrer la réplique suivante. Jusqu'à la fin de la pièce la Comtesse s'efforcera de regagner l'affection du Comte, de le ramener à elle.

LA COMTESSE, *se servant de l'éventail.* — Ouvre un peu la croisée sur le jardin. Il fait une chaleur ici!...

SUZANNE. — C'est que madame parle et marche avec action[1].

Elle va ouvrir la croisée du fond.

LA COMTESSE, *rêvant longtemps.* — Sans cette constance à me fuir... Les hommes sont bien coupables!

SUZANNE *crie, de la fenêtre.* — Ah! voilà monseigneur qui traverse à cheval le grand potager, suivi de Pédrille, avec deux, trois, quatre lévriers.

LA COMTESSE. — Nous avons du temps devant nous. (*Elle s'assied.*) On frappe, Suzon!

SUZANNE *court ouvrir en chantant.* — Ah! c'est mon Figaro! ah! c'est mon Figaro!

SCÈNE II

FIGARO, SUZANNE, LA COMTESSE, assise.

SUZANNE. — Mon cher ami, viens donc. Madame est dans une impatience!...

FIGARO. — Et toi, ma petite Suzanne? — Madame n'en doit prendre aucune. Au fait, de quoi s'agit-il? d'une misère. M. le Comte trouve notre jeune femme aimable, il voudrait en faire sa maîtresse; et c'est bien naturel[2].

SUZANNE. — Naturel?

FIGARO. — Puis il m'a nommé courrier de dépêches, et Suzon conseiller d'ambassade. Il n'y a pas là d'étourderie.

SUZANNE. — Tu finiras?

FIGARO. — Et parce que Suzanne, ma fiancée, n'accepte pas le diplôme, il va favoriser les vues de Marceline; quoi de plus simple encore? Se venger de ceux qui nuisent à nos projets en renversant les leurs, c'est ce que chacun fait, ce que nous allons faire nous-mêmes. Eh bien, voilà tout, pourtant.

LA COMTESSE. — Pouvez-vous, Figaro, traiter si légèrement un dessein qui nous coûte à tous le bonheur?

FIGARO. — Qui dit cela, madame?

SUZANNE. — Au lieu de t'affliger de nos chagrins...

FIGARO. — N'est-ce pas assez que je m'en occupe? Or, pour

---

1. *Avec action* : c'est à dire : en se donnant du mouvement, en s'agitant. — 2. Le ton Figaro est optimiste et enjoué. Il feint de trouver naturel tout ce qui arrive, parce qu'il est sûr de lui et qu'il a déjà préparé son plan.

agir aussi méthodiquement que lui, tempérons d'abord son ardeur de nos possessions[1], en l'inquiétant sur les siennes.

LA COMTESSE. — C'est bien dit; mais comment?

FIGARO. — C'est déjà fait, madame; un faux avis donné sur vous...

LA COMTESSE. — Sur moi! la tête vous tourne[2].

FIGARO. — Oh! c'est à lui qu'elle doit tourner.

LA COMTESSE. — Un homme aussi jaloux!...

FIGARO. — Tant mieux : pour tirer parti des gens de ce caractère, il ne faut qu'un peu leur fouetter le sang : c'est ce que les femmes entendent si bien! Puis, les tient-on fâchés tout rouge, avec un brin d'intrigue on les mène où l'on veut, par le nez, dans le Guadalquivir[3]. Je vous ai fait rendre[4] à Basile un billet inconnu, lequel avertit monseigneur qu'un galant doit chercher à vous voir aujourd'hui pendant le bal.

LA COMTESSE. — Et vous vous jouez ainsi de la vérité sur le compte d'une femme d'honneur!...

FIGARO. — Il y en a peu, madame, avec qui je l'eusse osé, crainte de rencontrer juste[5].

LA COMTESSE. — Il faudra que je l'en remercie!

FIGARO. — Mais dites-moi s'il n'est pas charmant de lui avoir taillé ses morceaux[6] de la journée, de façon qu'il passe à rôder, à jurer après sa dame, le temps qu'il destinait à se complaire avec la nôtre! Il est déjà tout dérouté : galopera-t-il celle-ci? surveillera-t-il celle-là? Dans son trouble d'esprit, tenez, tenez, le voilà qui court la plaine et force un lièvre qui n'en peut mais. L'heure du mariage arrive en poste; il n'aura pas pris de parti contre, et jamais il n'osera s'y opposer devant madame.

SUZANNE. — Non, mais Marceline, le bel esprit, osera le faire, elle.

FIGARO. — Brr! Cela m'inquiète bien, ma foi! Tu feras dire à monseigneur que tu te rendras sur la brune au jardin.

SUZANNE. — Tu comptes sur celui-là[7]?

FIGARO. — Oh! dame! écoutez donc, les gens qui ne veulent rien faire de rien n'avancent rien et ne sont bons à rien[8]. Voilà mon mot.

---

1. C'est-à-dire : la façon dont il brûle (ardeur) d'obtenir ce que nous possédons. — 2. *La tête vous tourne* : vous perdez la tête. La comtesse trouve la suggestion extravagante et déplaisante. — 3. *Le Guadalquivir* : c'est le grand fleuve de l'Andalousie; il arrose Cordoue et Séville. — 4. *Rendre* : au sens de : remettre. — 5. Remarquer combien Figaro renvoie son objection à la Comtesse d'une manière galante, brillante et prompte. C'est un exemple frappant de la vivacité de son esprit, de son art de répliquer. — 6. *Taillé ses morceaux* : c'est-à-dire : lui avoir distribué sa tâche. — 7. *Celui-là* : valeur neutre : cet expédient. — 8. Belle formule bien frappée à valeur de sentence ou de proverbe. Elle définit l'attitude de Figaro : bonne volonté optimiste appuyée sur une intelligence pleine de ressources.

SUZANNE. — Il est joli!

LA COMTESSE. — Comme son idée : vous consentiriez qu'elle s'y rendît?

FIGARO. — Point du tout. Je fais endosser un habit de Suzanne à quelqu'un : surpris par nous au rendez-vous, le Comte pourra-t-il s'en dédire?

SUZANNE. — A qui mes habits?

FIGARO. — Chérubin.

LA COMTESSE. — Il est parti.

FIGARO. — Non pas pour moi! veut-on me laisser faire?

SUZANNE. — On peut s'en fier à lui pour mener une intrigue.

FIGARO. — Deux, trois, quatre à la fois; bien embrouillées, qui se croisent. J'étais né pour être courtisan.

SUZANNE. — On dit que c'est un métier si difficile!

FIGARO. — Recevoir, prendre et demander : voilà le secret en trois mots[1].

LA COMTESSE. — Il a tant d'assurance qu'il finit par m'en inspirer.

FIGARO. — C'est mon dessein.

SUZANNE. — Tu disais donc?...

FIGARO. — Que, pendant l'absence de monseigneur, je vais vous envoyer le Chérubin[2]; coiffez-le, habillez-le; je le renferme et l'endoctrine; et puis dansez, monseigneur.

Il sort.

SCÈNE III

SUZANNE, LA COMTESSE, assise.

LA COMTESSE, *tenant sa boîte à mouches*[3]. — Mon Dieu, Suzon, comme je suis faite!... ce jeune homme qui va venir!...

SUZANNE. — Madame ne veut donc pas qu'il en réchappe?

LA COMTESSE *rêve devant sa petite glace*. — Moi?... tu verras comme je vais le gronder.

SUZANNE. — Faisons-lui chanter sa romance.

Elle la met sur la Comtesse.

1. Cette définition lapidaire et cinglante ne pouvait que remporter un vif succès auprès du public, en un siècle où tout l'art des courtisans consistait encore à obtenir des pensions royales. — 2. Les *chérubins* sont des anges d'une certaine catégorie. De là on passe à l'idée d'un enfant angélique et charmant. — 3. *Sa boîte à mouches* : les mouches étaient des petits ronds de taffetas noir que les dames du XVIIIe siècle se mettaient sur le visage par coquetterie.

LA COMTESSE. — Mais c'est qu'en vérité mes cheveux sont dans un désordre[1]...

SUZANNE, *riant*. — Je n'ai qu'à reprendre ces deux boucles, madame le grondera bien mieux.

LA COMTESSE, *revenant à elle*. — Qu'est-ce que vous dites donc, mademoiselle?

SCÈNE IV

CHÉRUBIN, l'air honteux, SUZANNE, LA COMTESSE, assise.

SUZANNE. — Entrez, monsieur l'officier; on est visible.

CHÉRUBIN *avance en tremblant*. — Ah! que ce nom m'afflige, madame! Il m'apprend qu'il faut quitter des lieux... une marraine si... bonne!...

SUZANNE. — Et si belle!

CHÉRUBIN, *avec un soupir*. — Ah! oui!

SUZANNE *le contrefait*. — *Ah! oui!* le bon jeune homme avec ses longues paupières hypocrites! Allons, bel oiseau bleu, chantez la romance à madame.

LA COMTESSE *la déplie*. — De qui... dit-on qu'elle est?

SUZANNE. — Voyez la rougeur du coupable : en a-t-il un pied sur les joues?

CHÉRUBIN. — Est-ce qu'il est défendu... de chérir?...

SUZANNE *lui met le poing sous le nez*. — Je dirai tout, vaurien!

LA COMTESSE. — Là... chante-t-il?

CHÉRUBIN. — Oh! madame, je suis si tremblant!

SUZANNE, *en riant*. — Et gniam, gniam, gniam, gniam, gniam, gniam, gniam; dès que madame le veut, modeste auteur! je vais l'accompagner.

LA COMTESSE. — Prends ma guitare[2].

La Comtesse, assise, tient le papier pour suivre. Suzanne est derrière son fauteuil et prélude en regardant la musique par-dessus sa maîtresse. Le petit page est devant elle, les yeux baissés. Ce tableau est juste la belle estampe d'après Vanloo, appelée *La Conversation espagnole*[3].

1. Cette réflexion trahit chez la Comtesse un souci de coquetterie. — 2. *Ma guitare* : la guitare était alors un instrument traditionnel d'accompagnement. On l'observe dans les tableaux de maints peintres du XVIIIᵉ siècle, par exemple *La Leçon de Musique* de Lancret. — 3. *La Conversation espagnole* : Vanloo, l'auteur de ce tableau, est un remarquable coloriste du XVIIIᵉ siècle. Il faut noter combien Beaumarchais a le souci — que lui a inspiré peut-être Diderot — d'obtenir la composition en tableaux de certaines scènes. Les indications qu'il donne ici sont, à cet égard, caractéristiques.

ROMANCE[1]

AIR : *Malbrough s'en va-t-en guerre.*

PREMIER COUPLET

Mon coursier hors d'haleine,
(Que mon cœur, mon cœur a de
[peine !)
J'errais de plaine en plaine,
Au gré du destrier.

DEUXIÈME COUPLET

Au gré du destrier,
Sans varlet[2], n'écuyer ;
Là, près d'une fontaine,
(Que mon cœur, mon cœur a de
[peine !)
Songeant à ma marraine,
Sentais mes pleurs couler.

TROISIÈME COUPLET

Sentais mes pleurs couler.
Prêt à me désoler :
Je gravais sur un frêne
(Que mon cœur, mon cœur a de
[peine !)
Sa lettre[3] sans la mienne.
Le roi vint à passer.

QUATRIÈME COUPLET

Le roi vint à passer,
Ses barons, son clergier.
Beau page, dit la reine
(Que mon cœur, mon cœur a de
[peine !)
Qui vous met à la gêne[4] ?
Qui vous fait tant plorer ?

CINQUIÈME COUPLET

Qui vous fait tant plorer ?
Nous faut le déclarer.
Madame et souveraine
(Que mon cœur, mon cœur a de
[peine !)
J'avais une marraine,
Que toujours adorai.

SIXIÈME COUPLET

Que toujours adorai ;
Je sens que j'en mourrai.
Beau page, dit la reine
(Que mon cœur, mon cœur a de
[peine !)
N'est-il qu'une marraine ?
Je vous en servirai.

SEPTIÈME COUPLET

Je vous en servirai ;
Mon page vous ferai ;
Puis à ma jeune Hélène
(Que mon cœur, mon cœur a de
[peine !)
Fille d'un capitaine,
Un jour vous marierai.

HUITIÈME COUPLET

Un jour, vous marierai.
Nenni, n'en faut parler !
Je veux, traînant ma chaîne,
(Que mon cœur, mon cœur a de
[peine !)
Mourir de cette peine,
Mais non m'en consoler.

LA COMTESSE. — Il y a de la naïveté... du sentiment même.

SUZANNE *va poser la guitare sur un fauteuil.* — Oh ! pour du sentiment, c'est un jeune homme qui... Ah ! çà, monsieur l'officier,
vous a-t-on dit que, pour égayer la soirée, nous voulons savoir
d'avance si un de mes habits vous ira passablement ?

---

1. Chérubin a adapté de naïves et touchantes paroles à un vieil air mé-
diéval qui devint, après Malplaquet, *Malbrough s'en va-t-en guerre,* et fut
remis à la mode par Marie-Antoinette. — 2. *Varlet* : un varlet est un jeune
noble au service d'un seigneur et qui fait son apprentissage de chevalier. —
3. *Sa lettre* : c'est-à-dire son chiffre, ses initiales. — 4. *A la gêne* : à la
torture. Il s'agit ici d'une vive douleur morale.

Photo Braun.

LA CONVERSATION ESPAGNOLE
Dessin de J.-B. Vanloo.

C'est de cette œuvre que s'est inspiré Beaumarchais pour « composer », en véritable metteur en scène, la scène IV de l'acte II (v. note 3, p. 39).

LA COMTESSE. — J'ai peur que non.

SUZANNE *se mesure avec lui*. — Il est de ma grandeur. Otons d'abord le manteau.

> Elle le détache.

LA COMTESSE. — Et si quelqu'un entrait?

SUZANNE. — Est-ce que nous faisons du mal donc? Je vais fermer la porte. (*Elle court.*) Mais c'est la coiffure que je veux voir.

LA COMTESSE. — Sur ma toilette, une baigneuse[1] à moi.

Suzanne entre dans le cabinet dont la porte est au bord du théâtre.

SCÈNE V

CHÉRUBIN, LA COMTESSE, assise.

LA COMTESSE. — Jusqu'à l'instant du bal, le Comte ignorera que vous soyez au château. Nous lui dirons après que le temps d'expédier votre brevet nous a fait naître l'idée...

CHÉRUBIN, *le lui montrant*. — Hélas! madame, le voici; Basile me l'a remis de sa part.

LA COMTESSE. — Déjà? l'on a craint d'y perdre une minute. (*Elle lit.*) Ils se sont tant pressés qu'ils ont oublié d'y mettre son cachet.

> Elle le lui rend.

SCÈNE VI

CHÉRUBIN, LA COMTESSE, SUZANNE

SUZANNE *entre avec un grand bonnet*. — Le cachet; à quoi?

LA COMTESSE. — A son brevet.

SUZANNE. — Déjà?

LA COMTESSE. — C'est ce que je disais. Est-ce là ma baigneuse?

SUZANNE *s'assied près de la Comtesse*. — Et la plus belle de toutes.

> Elle chante avec des épingles dans sa bouche.

> Tournez-vous donc envers ici,
> Jean de Lyra, mon bel ami[2].

> Chérubin se met à genoux; elle le coiffe.

Madame, il est charmant!

---

1. Une baigneuse est une sorte de bonnet de femme. — 2. Sans doute est-ce le souvenir d'un refrain à la mode.

LA COMTESSE. — Arrange son collet[1] d'un air un peu plus féminin.

SUZANNE *l'arrange*. — Là... mais voyez donc ce morveux, comme il est joli en fille! j'en suis jalouse, moi! (*Elle lui prend le menton*.) Voulez-vous bien n'être pas joli comme ça?

LA COMTESSE. — Qu'elle est folle! Il faut relever la manche afin que l'amadis[2] prenne mieux... (*Elle le retrousse.*) Qu'est-ce qu'il a donc au bras? Un ruban?

SUZANNE. — Et un ruban à vous. Je suis bien aise que madame l'ait vu. Je lui avais dit que je le dirais, déjà! Oh! si monseigneur n'était pas venu, j'aurais bien repris le ruban; car je suis presque aussi forte que lui.

LA COMTESSE. — Il y a du sang!

Elle détache le ruban.

CHÉRUBIN, *honteux*. — Ce matin, comptant partir, j'arrangeais la gourmette de mon cheval : il a donné de la tête, et la bossette[3] m'a effleuré le bras.

LA COMTESSE. — On n'a jamais mis un ruban...

SUZANNE. — Et surtout un ruban volé. — Voyez donc ce que la bossette... la courbette... la cornette du cheval... je n'entends rien à tous ces noms-là... — Ah! qu'il a le bras blanc! c'est comme une femme! plus blanc que le mien! Regardez donc, madame!

Elle les compare.

LA COMTESSE, *d'un ton glacé*. — Occupez-vous plutôt de m'avoir du taffetas gommé dans ma toilette.

Suzanne lui pousse la tête en riant; il tombe sur les deux mains. Elle entre dans le cabinet au bord du théâtre.

SCÈNE VII

CHÉRUBIN, à genoux, LA COMTESSE, assise.

LA COMTESSE *reste un moment sans parler, les yeux sur son ruban. Chérubin la dévore de ses regards*. — Pour mon ruban, monsieur... comme c'est celui dont la couleur m'agrée le plus... j'étais fort en colère de l'avoir perdu.

---

1. Le collet est la partie d'un vête- ment qui entoure le cou. — 2. *Ama- dis* : manche de robe serrée et boutonnée jusqu'au poignet pareille à celles des acteurs de l'opéra *Amadis*. — 3. *Bossette* : ornement en bosse de chaque côté du mors; la *gourmette* est une chaînette qui unit les deux branches du mors. Termes techniques.

SCÈNE VIII

CHÉRUBIN, à genoux, LA COMTESSE, assise, SUZANNE

SUZANNE, *revenant*. — Et la ligature à son bras?

> Elle remet à la Comtesse du taffetas gommé et des ciseaux.

LA COMTESSE. — En allant lui chercher tes hardes, prends le ruban d'un autre bonnet.

Suzanne sort par la porte du fond, en emportant le manteau du page.

SCÈNE IX

CHÉRUBIN, à genoux, LA COMTESSE, assise.

CHÉRUBIN, *les yeux baissés*. — Celui qui m'est ôté m'aurait guéri en moins de rien.

LA COMTESSE. — Par quelle vertu? (*Lui montrant le taffetas.*) Ceci vaut mieux.

CHÉRUBIN, *hésitant*. — Quand un ruban... a serré la tête... ou touché la peau d'une personne...

LA COMTESSE, *coupant la phrase*. — ... étrangère, il devient bon pour les blessures? J'ignorais cette propriété. Pour l'éprouver, je garde celui-ci qui vous a serré le bras. A la première égratignure... de mes femmes, j'en ferai l'essai.

CHÉRUBIN, *pénétré*. — Vous le gardez, et moi je pars!

LA COMTESSE. — Non pour toujours.

CHÉRUBIN. — Je suis si malheureux.

LA COMTESSE, *émue*. — Il pleure à présent! C'est ce vilain Figaro avec son pronostic!

CHÉRUBIN, *exalté*. — Ah! je voudrais toucher au terme qu'il m'a prédit! Sûr de mourir à l'instant, peut-être ma bouche oserait[1]...

LA COMTESSE *l'interrompt et lui essuie les yeux avec son mouchoir*. — Taisez-vous, taisez-vous, enfant. Il n'y a pas un brin de raison dans tout ce que vous dites. (*On frappe à la porte, elle élève la voix.*) Qui frappe ainsi chez moi?

---

1. Cette emphase naïve voudrait atteindre au pathétique et cherche l'occasion d'un aveu.

SCÈNE X

CHÉRUBIN, LA COMTESSE, LE COMTE, en dehors.

LE COMTE, *en dehors*. — Pourquoi donc enfermée?

LA COMTESSE, *troublée, se lève*. — C'est mon époux! grands dieux!... (*A Chérubin qui s'est levé aussi*.) Vous sans manteau, le col et les bras nus! seul avec moi! cet air de désordre, un billet reçu, sa jalousie!...

LE COMTE, *en dehors*. — Vous n'ouvrez pas?

LA COMTESSE. — C'est que... je suis seule.

LE COMTE, *en dehors*. — Seule! avec qui parlez-vous donc?

LA COMTESSE, *cherchant*. — ... Avec vous sans doute.

CHÉRUBIN, *à part*. — Après les scènes d'hier et de ce matin, il me tuerait sur place!

Il court vers le cabinet de toilette, y entre et tire la porte sur lui.

SCÈNE XI

LA COMTESSE, seule, en ôte la clef, court ouvrir au Comte.

Ah! quelle faute! quelle faute!

SCÈNE XII

LE COMTE, LA COMTESSE

LE COMTE, *un peu sévère*. — Vous n'êtes pas dans l'usage[1] de vous enfermer!

LA COMTESSE, *troublée*. — Je... je chiffonnais[2]... Oui, je chiffonnais avec Suzanne; elle est passée un moment chez elle.

LE COMTE, *l'examine*. — Vous avez l'air et le ton bien altérés!

LA COMTESSE. — Cela n'est pas étonnant... pas étonnant du tout... je vous assure... Nous parlions de vous... elle est passée, comme je vous dis...

LE COMTE. — Vous parliez de moi!... Je suis ramené par l'inquiétude; en montant à cheval, un billet qu'on m'a remis, mais auquel je n'ajoute aucune foi, m'a... pourtant agité.

LA COMTESSE. — Comment, monsieur?... quel billet?

LE COMTE. — Il faut avouer, madame, que vous ou moi

_____

1. C'est-à-dire : vous n'avez pas l'habitude de. — 2. *Chiffonner* signifie : coudre, découper des chiffons, de petits morceaux d'étoffe.

sommes entourés d'êtres... bien méchants! On me donne avis que, dans la journée, quelqu'un que je crois absent doit chercher à vous entretenir.

LA COMTESSE. — Quel que soit cet audacieux, il faudra qu'il pénètre ici, car mon projet est de ne pas quitter ma chambre de tout le jour.

LE COMTE. — Ce soir, pour la noce de Suzanne?

LA COMTESSE. — Pour rien au monde; je suis très incommodée.

LE COMTE. — Heureusement le docteur est ici. (*Le page fait tomber une chaise dans le cabinet.*) Quel bruit entends-je?

LA COMTESSE, *plus troublée.* — Du bruit?

LE COMTE. — On a fait tomber un meuble.

LA COMTESSE. — Je... je n'ai rien entendu, pour moi.

LE COMTE. — Il faut que vous soyez furieusement préoccupée!

LA COMTESSE. — Préoccupée! de quoi?

LE COMTE. — Il y a quelqu'un dans ce cabinet, madame.

LA COMTESSE. — Hé... qui voulez-vous qu'il y ait, monsieur!

LE COMTE. — C'est moi qui vous le demande; j'arrive.

LA COMTESSE. — Hé! mais... Suzanne apparemment qui range.

LE COMTE. — Vous avez dit qu'elle était passée chez elle?

LA COMTESSE. — Passée... ou entrée là; je ne sais lequel[1].

LE COMTE. — Si c'est Suzanne, d'où vient le trouble où je vous vois?

LA COMTESSE. — Du trouble pour ma camariste[2]?

LE COMTE. — Pour votre camariste, je ne sais; mais pour du trouble, assurément.

LA COMTESSE. — Assurément, monsieur, cette fille vous trouble et vous occupe beaucoup plus que moi.

LE COMTE, *en colère.* — Elle m'occupe à tel point, madame, que je veux la voir à l'instant.

LA COMTESSE. — Je crois, en effet, que vous le voulez souvent; mais voilà bien les soupçons les moins fondés...

SCÈNE XIII

LE COMTE, LA COMTESSE, SUZANNE entre avec des hardes et pousse la porte du fond.

LE COMTE. — Ils en seront plus aisés à détruire. (*Il crie en regardant du côté du cabinet.*) Sortez, Suzon; je vous l'ordonne.

Suzanne s'arrête auprès de l'alcôve dans le fond.

---

1. *Lequel* : valeur neutre : laquelle des deux hypothèses. — 2. *Camariste* : ce mot a une autre forme : camé-riste. Femme de chambre des dames de qualité en Espagne.

LA COMTESSE. — Elle est presque nue, monsieur : vient-on troubler ainsi des femmes dans leur retraite? Elle essayait des hardes que je lui donne en la mariant; elle s'est enfuie quand elle vous a entendu.

LE COMTE. — Si elle craint tant de se montrer, au moins elle peut parler. (*Il se tourne vers la porte du cabinet.*) Répondez-moi, Suzanne; êtes-vous dans ce cabinet?

> Suzanne, restée au fond, se jette dans l'alcôve et s'y cache.

LA COMTESSE, *vivement, tournée vers le cabinet.* — Suzon, je vous défends de répondre. (*Au Comte.*) On n'a jamais poussé si loin la tyrannie!

LE COMTE *s'avance vers le cabinet.* — Oh! bien, puisqu'elle ne parle pas, vêtue ou non, je la verrai.

LA COMTESSE *se met au-devant.* — Partout ailleurs, je ne puis l'empêcher; mais j'espère aussi que chez moi[1]...

LE COMTE. — Et moi j'espère savoir dans un moment quelle est cette Suzanne mystérieuse. Vous demander la clef serait, je le vois, inutile : mais il est un moyen sûr de jeter en dedans cette légère porte. Holà, quelqu'un!

LA COMTESSE. — Attirer vos gens et faire un scandale public d'un soupçon qui nous rendrait la fable du château!

LE COMTE. — Fort bien, madame. En effet, j'y suffirai; je vais à l'instant prendre chez moi ce qu'il faut... (*Il marche pour sortir et revient.*) Mais, pour que tout reste au même état, voudrez-vous bien m'accompagner sans scandale et sans bruit, puisqu'il vous déplaît tant?... Une chose aussi simple, apparemment, ne me sera pas refusée.

LA COMTESSE, *troublée.* — Eh! monsieur, qui songe à vous contrarier?

LE COMTE. — Ah! j'oubliais la porte qui va chez vos femmes, il faut que je la ferme aussi, pour que vous soyez pleinement justifiée.

> Il va fermer la porte du fond et en ôte la clef.

LA COMTESSE, *à part.* — O ciel! étourderie funeste!

LE COMTE, *revenant à elle.* — Maintenant que cette chambre est close, acceptez mon bras, je vous prie. (*Il élève la voix.*) Et quant à la Suzanne du cabinet, il faudra qu'elle ait la bonté de m'attendre; et le moindre mal qui puisse lui arriver à mon retour...

LA COMTESSE. — En vérité, monsieur, voilà bien la plus odieuse aventure...

> Le Comte l'emmène et ferme la porte à clef.

---

1. Remarquer combien la tension dramatique croît régulièrement dans cette scène de comédie qui prend, par là, une couleur quasi tragique. Le thème pourrait d'ailleurs fort bien relever de la tragédie.

SCÈNE XIV

SUZANNE, CHÉRUBIN

SUZANNE *sort de l'alcôve, accourt vers le cabinet et parle à travers la serrure.* — Ouvrez, Chérubin, ouvrez vite, c'est Suzanne; ouvrez et sortez.

CHÉRUBIN *sort.* — Ah! Suzon, quelle horrible scène!

SUZANNE. — Sortez, vous n'avez pas une minute!

CHÉRUBIN, *effrayé.* — Et par où sortir?

SUZANNE. — Je n'en sais rien, mais sortez.

CHÉRUBIN. — S'il n'y a pas d'issue?

SUZANNE. — Après la rencontre de tantôt, il vous écraserait, et nous serions perdues. — Courez conter à Figaro...

CHÉRUBIN. — La fenêtre du jardin n'est peut-être pas bien haute.

Il court y regarder.

SUZANNE, *avec effroi.* — Un grand étage! impossible! Ah! ma pauvre maîtresse! Et mon mariage? ô ciel!

CHÉRUBIN *revient.* — Elle donne sur la melonnière[1] : quitte à gâter une couche ou deux.

SUZANNE *le retient et s'écrie.* — Il va se tuer!

CHÉRUBIN, *exalté.* — Dans un gouffre allumé, Suzon! oui, je m'y jetterais plutôt que de lui nuire... Et ce baiser va me porter bonheur.

Il l'embrasse et court sauter par la fenêtre.

SCÈNE XV

SUZANNE, seule, un cri de frayeur.

Ah!... (*Elle tombe assise un moment. Elle va péniblement regarder à la fenêtre et revient.*) Il est déjà bien loin. Oh! le petit garnement! aussi leste que joli! Si celui-là manque de femmes!... Prenons sa place au plus tôt. (*En entrant dans le cabinet.*) Vous pouvez à présent, monsieur le Comte, rompre la cloison, si cela vous amuse; au diantre qui répond un mot!

Elle s'y enferme.

---

1. *La melonnière* : couches réservées dans un jardin à la culture du melon

SCÈNE XVI

LE COMTE, LA COMTESSE

rentrent dans la chambre.

LE COMTE, *une pince à la main, qu'il jette sur le fauteuil.* — Tout est bien comme je l'ai laissé. Madame, en m'exposant à briser cette porte, réfléchissez aux suites : encore une fois, voulez-vous l'ouvrir?

LA COMTESSE. — Eh! monsieur, quelle horrible humeur peut altérer ainsi les égards entre deux époux? Si l'amour vous dominait au point de vous inspirer ces fureurs, malgré leur déraison, je les excuserais; j'oublierais peut-être, en faveur du motif, ce qu'elles ont d'offensant pour moi. Mais la seule vanité peut-elle jeter dans cet excès un galant homme?

LE COMTE. — Amour ou vanité, vous ouvrirez la porte; ou je vais à l'instant...

LA COMTESSE, *au-devant.* — Arrêtez, monsieur, je vous prie! Me croyez-vous capable de manquer à ce que je me dois?

LE COMTE. — Tout ce qu'il vous plaira, madame, mais je verrai qui est dans ce cabinet.

LA COMTESSE, *effrayée.* — Eh bien! monsieur, vous le verrez. Écoutez-moi... tranquillement.

LE COMTE. — Ce n'est donc pas Suzanne?

LA COMTESSE, *timidement.* — Au moins n'est-ce pas non plus une personne... dont vous deviez rien redouter... Nous disposions une plaisanterie... bien innocente, en vérité, pour ce soir...; et je vous jure...

LE COMTE. — Et vous me jurez?...

LA COMTESSE. — Que nous n'avions pas plus de dessein de vous offenser l'un que l'autre.

LE COMTE, *vite.* — L'un que l'autre? C'est un homme.

LA COMTESSE. — Un enfant, monsieur.

LE COMTE. — Hé, qui donc?

LA COMTESSE. — A peine osé-je le nommer!

LE COMTE, *furieux.* — Je le tuerai.

LA COMTESSE. — Grands dieux!

LE COMTE. — Parlez donc.

LA COMTESSE. — Ce jeune... Chérubin...

LE COMTE. — Chérubin! l'insolent? Voilà mes soupçons et le billet expliqués.

LA COMTESSE, *joignant les mains.* — Ah! monsieur! gardez de penser...

LE COMTE, *frappant du pied.* — (*A part.*) Je trouverai partout ce maudit page! (*Haut.*) Allons, madame, ouvrez; je sais tout maintenant. Vous n'auriez pas été si émue en le congédiant ce matin, il serait parti quand je l'ai ordonné, vous n'auriez pas mis tant de fausseté dans votre conte de Suzanne, il ne se serait pas si soigneusement caché, s'il n'y avait rien de criminel.

LA COMTESSE. — Il a craint de vous irriter en se montrant.

LE COMTE, *hors de lui, et criant tourné vers le cabinet.* — Sors donc, petit malheureux[1]!

LA COMTESSE *le prend à bras-le-corps, en l'éloignant.* — Ah! monsieur, monsieur, votre colère me fait trembler pour lui. N'en croyez pas un injuste soupçon, de grâce! et que le désordre où vous l'allez trouver...

LE COMTE. — Du désordre!

LA COMTESSE. — Hélas! oui, prêt à s'habiller en femme, une coiffure à moi sur la tête, en veste et sans manteau, le col ouvert, les bras nus; il allait essayer...

LE COMTE. — Et vous vouliez garder votre chambre!... Indigne épouse! ah! vous la garderez... longtemps; mais il faut, avant, que j'en chasse un insolent, de manière à ne plus le rencontrer nulle part.

LA COMTESSE *se jette à genoux, les bras élevés.* — Monsieur le Comte, épargnez un enfant; je ne me consolerais pas d'avoir causé...

LE COMTE. — Vos frayeurs aggravent son crime.

LA COMTESSE. — Il n'est pas coupable, il partait : c'est moi qui l'ai fait appeler.

LE COMTE, *furieux.* — Levez-vous. Otez-vous... Tu es bien audacieuse d'oser me parler pour un autre!

LA COMTESSE. — Eh bien! je m'ôterai, monsieur, je me lèverai; je vous remettrai même la clef du cabinet : mais, au nom de votre amour...

LE COMTE. — De mon amour, perfide!

LA COMTESSE *se lève et lui présente la clef.* — Promettez-moi que vous laisserez aller cet enfant sans lui faire aucun mal; et puisse après tout votre courroux tomber sur moi si je ne vous convaincs pas...

LE COMTE, *prenant la clef.* — Je n'écoute plus rien.

LA COMTESSE *se jette sur une bergère[2], un mouchoir sur les yeux.* — O ciel! il va périr!

LE COMTE *ouvre la porte et recule.* — C'est Suzanne!

---

1. La tension de la scène atteint par ici son paroxysme. On côtoie le pathétique. Mais la détente n'en sera que plus sensible : le spectateur la prévoit d'ailleurs, puisque Beaumarchais a fait de lui le complice de Suzanne et de Chérubin (et c'est par là que le tragique est évité). — 2. *Une bergère* : fauteuil large et profond garni d'un coussin.

SCÈNE XVII

LA COMTESSE, LE COMTE, SUZANNE

SUZANNE *sort en riant.* — *Je le tuerai, je le tuerai.* Tuez-le donc. ce méchant page!

LE COMTE, *à part.* — Ah! quelle école[1]! (*Regardant la Comtesse qui est restée stupéfaite.*) Et vous aussi, vous jouez l'étonnement?... Mais peut-être elle n'y est pas seule.

Il entre.

SCÈNE XVIII

LA COMTESSE, assise, SUZANNE

SUZANNE *accourt à sa maîtresse.* — Remettez-vous, madame; il est bien loin; il a fait un saut...

LA COMTESSE. — Ah! Suzon! je suis morte!

SCÈNE XIX

LA COMTESSE, assise, SUZANNE, LE COMTE

LE COMTE *sort du cabinet d'un air confus. Après un court silence.* — Il n'y a personne, et pour le coup j'ai tort. — Madame... vous jouez fort bien la comédie.

SUZANNE, *gaiement.* — Et moi, monseigneur?

La Comtesse, son mouchoir sur la bouche pour se remettre, ne parle pas.

LE COMTE *s'approche.* — Quoi! madame, vous plaisantiez?

LA COMTESSE, *se remettant un peu.* — Et pourquoi non, monsieur[2]?

LE COMTE. — Quel affreux badinage! et par quel motif, je vous prie?

LA COMTESSE. — Vos folies méritent-elles de la pitié?

LE COMTE. — Nommer folies ce qui touche à l'honneur!

---

1. *Quelle école* : c'est-à-dire : quelle sottise. Terme de trictrac : faire une école c'est oublier de marquer les points gagnés. — 2. On assiste maintenant à un retournement complet de la situation; c'est la Comtesse qui l'emporte. Un tel renversement est fréquent en comédie (cf. Molière : *Le Misanthrope*; Musset : *Le Chandelier*; Courteline : *Boubouroche*.

LA COMTESSE, *assurant son ton par degrés*. — Me suis-je unie à vous pour être éternellement dévouée à l'abandon et à la jalousie, que vous seul osez concilier?

LE COMTE. — Ah! madame, c'est sans ménagement.

SUZANNE. — Madame n'avait qu'à vous laisser appeler les gens!

LE COMTE. — Tu as raison, et c'est à moi de m'humilier... Pardon, je suis d'une confusion!...

SUZANNE. — Avouez, monseigneur, que vous la méritez un peu.

LE COMTE. — Pourquoi donc ne sortais-tu pas lorsque je t'appe-lais, mauvaise?

SUZANNE. — Je me rhabillais de mon mieux, à grand renfort d'épingles; et madame, qui me le défendait, avait bien ses raisons pour le faire.

LE COMTE. — Au lieu de rappeler mes torts, aide-moi plutôt à l'apaiser.

LA COMTESSE. — Non, monsieur; un pareil outrage ne se couvre point. Je vais me retirer aux Ursulines[1], et je vois trop qu'il en est temps.

LE COMTE. — Le pourriez-vous sans quelques regrets?

SUZANNE. — Je suis sûre, moi, que le jour du départ serait la veille des larmes.

LA COMTESSE. — Et quand cela serait, Suzon? J'aime mieux le regretter que d'avoir la bassesse de lui pardonner; il m'a trop offensée.

LE COMTE. — Rosine!...

LA COMTESSE. — Je ne la suis plus, cette Rosine que vous avez tant poursuivie! Je suis la pauvre comtesse Almaviva, la triste femme délaissée, que vous n'aimez plus.

SUZANNE. — Madame!

LE COMTE, *suppliant*. — Par pitié!

LA COMTESSE. — Vous n'en aviez aucune pour moi.

LE COMTE. — Mais aussi ce billet... il m'a tourné le sang!

LA COMTESSE. — Je n'avais pas consenti qu'on l'écrivît.

LE COMTE. — Vous le saviez?

LA COMTESSE. — C'est cet étourdi de Figaro...

LE COMTE. — Il en était?

LA COMTESSE. — ... Qui l'a remis à Basile.

LE COMTE. — Qui m'a dit le tenir d'un paysan. O perfide chan-teur! lame à deux tranchants! c'est toi qui payeras pour tout le monde.

---

1. *Aux Ursulines* : Les Ursulines sont des religieuses de l'ordre de Sainte-Ursule fondé en 1537.

LA COMTESSE. — Vous demandez pour vous un pardon que vous refusez aux autres : voilà bien les hommes ! Ah ! si jamais je consentais à pardonner en faveur de l'erreur où vous a jeté ce billet, j'exigerais que l'amnistie fût générale.

LE COMTE. — Eh bien ! de tout mon cœur, Comtesse. Mais comment réparer une faute si humiliante ?

LA COMTESSE *se lève*. — Elle l'était pour tous deux.

LE COMTE. — Ah ! dites pour moi seul. — Mais je suis encore à concevoir[1] comment les femmes prennent si vite et si juste l'air et le ton des circonstances. Vous rougissiez, vous pleuriez, votre visage était défait... D'honneur, il l'est encore.

LA COMTESSE, *s'efforçant de sourire.* — Je rougissais... du ressentiment de vos soupçons. Mais les hommes sont-ils assez délicats pour distinguer l'indignation d'une âme honnête outragée d'avec la confusion qui naît d'une accusation méritée ?

LE COMTE, *souriant.* — Et ce page en désordre, en veste, et presque nu ?...

LA COMTESSE, *montrant Suzanne.* — Vous le voyez devant vous. N'aimez-vous pas mieux l'avoir trouvé que l'autre ? En général, vous ne haïssez pas de rencontrer celui-ci.

LE COMTE, *riant plus fort.* — Et ces prières, ces larmes feintes ?...

LA COMTESSE. — Vous me faites rire, et j'en ai peu d'envie.

LE COMTE. — Nous croyons valoir quelque chose en politique, et nous ne sommes que des enfants. C'est vous, c'est vous, madame, que le roi devrait envoyer en ambassade à Londres ! Il faut que votre sexe ait fait une étude bien réfléchie de l'art de se composer pour réussir à ce point !

LA COMTESSE. — C'est toujours vous qui nous y forcez.

SUZANNE. — Laissez-nous prisonniers sur parole, et vous verrez si nous sommes gens d'honneur.

LA COMTESSE. — Brisons là, monsieur le Comte. J'ai peut-être été trop loin ; mais mon indulgence, en un cas aussi grave, doit au moins obtenir la vôtre.

LE COMTE. — Mais vous répéterez que vous me pardonnez ?

LA COMTESSE. — Est-ce que je l'ai dit, Suzon ?

SUZANNE. — Je ne l'ai pas entendu, madame.

LE COMTE. — Eh bien ! que ce mot vous échappe !

LA COMTESSE. — Le méritez-vous donc, ingrat ?

LE COMTE. — Oui, par mon repentir.

SUZANNE. — Soupçonner un homme dans le cabinet de madame !

1. *A concevoir* : on dirait aujourd'hui : à me demander. L'étonnement du Comte nous fait sourire : la Comtesse n'a jamais cessé d'être sincère... jusqu'à cet instant.

LE COMTE. — Elle m'en a si sévèrement puni!

SUZANNE. — Ne pas s'en fier à elle, quand elle dit que c'est sa camariste!

LE COMTE. — Rosine, êtes-vous donc implacable?

LA COMTESSE. — Ah! Suzon, que je suis faible! quel exemple je te donne! (*Tendant la main au Comte.*) On ne croira plus à la colère des femmes.

SUZANNE. — Bon! madame, avec eux ne faut-il pas toujours en venir là?

Le Comte baise ardemment la main de sa femme.

SCÈNE XX

SUZANNE, FIGARO, LA COMTESSE, LE COMTE

FIGARO, *arrivant tout essoufflé.* — On disait madame incommodée. Je suis vite accouru... je vois avec joie qu'il n'en est rien.

LE COMTE, *sèchement.* — Vous êtes fort attentif!

FIGARO. — Et c'est mon devoir. Mais puisqu'il n'en est rien, monseigneur, tous vos jeunes vassaux des deux sexes sont en bas avec les violons et les cornemuses, attendant, pour m'accompagner, l'instant où vous permettrez que je mène ma fiancée[1]...

LE COMTE. — Et qui surveillera la Comtesse au château?

FIGARO. — La veiller! elle n'est pas malade.

LE COMTE. — Non; mais cet homme absent qui doit l'entretenir?

FIGARO. — Quel homme absent?

LE COMTE. — L'homme du billet que vous avez remis à Basile.

FIGARO. — Qui dit cela?

LE COMTE. — Quand je ne le saurais pas d'ailleurs, fripon, ta physionomie, qui t'accuse, me prouverait déjà que tu mens.

FIGARO. — S'il en est ainsi, ce n'est pas moi qui mens, c'est ma physionomie.

SUZANNE. — Va, mon pauvre Figaro, n'use pas ton éloquence en défaites; nous avons tout dit.

FIGARO. — Et quoi dit? Vous me traitez comme un Basile.

SUZANNE. — Que tu avais écrit le billet de tantôt pour faire accroire à monseigneur, quand il entrerait, que le petit page était dans ce cabinet, où je me suis enfermée.

LE COMTE. — Qu'as-tu à répondre?

1. Tout est prêt pour le mariage et le Comte a besoin d'agir vite.

LA COMTESSE. — Il n'y a plus rien à cacher, Figaro; le badinage est consommé.

FIGARO, *cherchant à deviner*. — Le badinage... est consommé?

LE COMTE. — Oui, consommé. Que dis-tu là-dessus?

FIGARO. — Moi! je dis... que je voudrais bien qu'on en pût dire autant de mon mariage; et si vous l'ordonnez...

LE COMTE. — Tu conviens donc enfin du billet?

FIGARO. — Puisque madame le veut, que Suzanne le veut, que vous le voulez vous-même, il faut bien que je le veuille aussi : mais à votre place, en vérité, monseigneur, je ne croirais pas un mot de tout ce que nous disons.

LE COMTE. — Toujours mentir contre l'évidence! à la fin, cela m'irrite.

LA COMTESSE, *en riant*. — Eh! ce pauvre garçon! pourquoi voulez-vous, monsieur, qu'il dise une fois la vérité?

FIGARO, *bas à Suzanne*. — Je l'avertis de son danger; c'est tout ce qu'un honnête homme peut faire.

SUZANNE, *bas*. — As-tu vu le petit page?

FIGARO, *bas*. — Encore tout froissé.

SUZANNE, *bas*. — Ah! pécaïre[1]!

LA COMTESSE. — Allons, monsieur le Comte, ils brûlent de s'unir : leur impatience est naturelle! entrons pour la cérémonie.

LE COMTE, *à part*. — Et Marceline, Marceline... (*Haut.*) Je voudrais être... au moins vêtu.

LA COMTESSE. — Pour nos gens! Est-ce que je le suis?

SCÈNE XXI

FIGARO, SUZANNE, LA COMTESSE, LE COMTE, ANTONIO

ANTONIO, *demi-gris, tenant un pot de giroflées écrasées*. — Monseigneur! Monseigneur!

LE COMTE. — Que me veux-tu, Antonio?

ANTONIO. — Faites donc une fois griller les croisées qui donnent sur mes couches! On jette toutes sortes de choses par ces fenêtres; et tout à l'heure encore on vient d'en jeter un homme.

LE COMTE. — Par ces fenêtres?

ANTONIO. — Regardez comme on arrange mes giroflées!

SUZANNE, *bas à Figaro*. — Alerte! Figaro, alerte!

---

1. *Pécaïre* : exclamation méridionale de pitié et d'attendrissement. Suzanne et Figaro puisent dans tous les vocabulaires.

FIGARO. — Monseigneur, il est gris dès le matin.

ANTONIO. — Vous n'y êtes pas. C'est un petit reste d'hier. Voilà comme on fait des jugements... ténébreux.

LE COMTE, *avec feu.* — Cet homme! cet homme! où est-il?

ANTONIO. — Où il est?

LE COMTE. — Oui.

ANTONIO. — C'est ce que je dis. Il faut me le trouver, déjà. Je suis votre domestique; il n'y a que moi qui prends soin de votre jardin; il y tombe un homme, et vous sentez... que ma réputation en est effleurée.

SUZANNE, *bas à Figaro.* — Détourne, détourne.

FIGARO. — Tu boiras donc toujours?

ANTONIO. — Eh! si je ne buvais pas, je deviendrais enragé.

LA COMTESSE. — Mais en prendre ainsi sans besoin...

ANTONIO. — Boire sans soif et faire l'amour en tout temps, madame, il n'y a que ça qui nous distingue des autres bêtes.

LE COMTE, *vivement.* — Réponds-moi donc, ou je vais te chasser.

ANTONIO. — Est-ce que je m'en irais?

LE COMTE. — Comment donc?

ANTONIO, *se touchant le front.* — Si vous n'avez pas assez de ça pour garder un bon domestique, je ne suis pas assez bête, moi, pour renvoyer un si bon maître.

LE COMTE *le secoue avec colère.* — On a, dis-tu, jeté un homme par cette fenêtre?

ANTONIO. — Oui, mon Excellence; tout à l'heure, en veste blanche, et qui s'est enfui, jarni[1], courant...

LE COMTE, *impatienté.* — Après?

ANTONIO. — J'ai bien voulu courir après; mais je me suis donné contre la grille une si fière gourde[2] à la main que je ne peux plus remuer ni pied ni patte de ce doigt-là.

Levant le doigt.

LE COMTE. — Au moins tu reconnaîtrais l'homme?

ANTONIO. — Oh! que oui-da!... si je l'avais vu pourtant!

SUZANNE, *bas à Figaro.* — Il ne l'a pas vu.

FIGARO. — Voilà bien du train pour un pot de fleurs! Combien te faut-il, pleurard, avec ta giroflée? Il est inutile de chercher, monseigneur; c'est moi qui ai sauté.

LE COMTE. — Comment! c'est vous?

ANTONIO. — *Combien te faut-il, pleurard?* Votre corps a donc bien grandi depuis ce temps-là? car je vous ai trouvé beaucoup plus moindre et plus fluet.

---

1. *Jarni* : sorte de juron paysan. Les campagnards de Molière en usent souvent. — 2. *Gourde* : c'est un coup qui « engourdit ».

FIGARO. — Certainement; quand on saute, on se pelotonne...

ANTONIO. — M'est avis que c'était plutôt... qui dirait, le gringalet[1] de page.

LE COMTE. — Chérubin, tu veux dire?

FIGARO. — Oui, revenu tout exprès avec son cheval de la porte de Séville, où peut-être il est déjà.

ANTONIO. — Oh! non, je ne dis pas ça, je ne dis pas ça; je n'ai pas vu sauter de cheval, car je le dirais de même.

LE COMTE. — Quelle patience!

FIGARO. — J'étais dans la chambre des femmes en veste blanche : il fait un chaud!... J'attendais là ma Suzannette, quand j'ai ouï tout à coup la voix de monseigneur, et le grand bruit qui se faisait : je ne sais quelle crainte m'a saisi à l'occasion de ce billet; et, s'il faut avouer ma bêtise, j'ai sauté sans réflexion sur les couches, où je me suis même un peu foulé le pied droit.

Il frotte son pied.

ANTONIO. — Puisque c'est vous, il est juste de vous rendre ce brimborion[2] de papier qui a coulé de votre veste en tombant.

LE COMTE se jette dessus. — Donne-le-moi.

Il ouvre le papier et le referme.

FIGARO, à part. — Je suis pris.

LE COMTE, à Figaro. — La frayeur ne vous aura pas fait oublier ce que contient ce papier, ni comment il se trouvait dans votre poche?

FIGARO, embarrassé, fouille dans ses poches et en tire des papiers. — Non, sûrement... Mais c'est que j'en ai tant! Il faut répondre à tout... (Il regarde un des papiers.) Ceci? ah! c'est une lettre de Marceline, en quatre pages; elle est belle!... Ne serait-ce pas la requête de ce pauvre braconnier en prison?... Non, la voici... J'avais l'état des meubles du petit château dans l'autre poche...

Le Comte rouvre le papier qu'il tient.

LA COMTESSE, bas à Suzanne. — Ah dieux! Suzon, c'est le brevet d'officier.

SUZANNE, bas à Figaro. — Tout est perdu, c'est le brevet.

LE COMTE, replie le papier. — Eh bien! l'homme aux expédients, vous ne devinez pas?

ANTONIO, s'approchant de Figaro. — Monseigneur dit si vous ne devinez pas?

FIGARO le repousse. — Fi donc, vilain, qui me parle dans le nez!

---

1. *Gringalet* : petit homme maigre et chétif. Le mot est familier. — 2. *Brimborion* : objet de menue valeur. Ce mot est familier et plaisant dans la bouche d'Antonio.

LE COMTE. — Vous ne vous rappelez pas ce que ce peut être?

FIGARO. — A, a, a, ah! *povero*[1]! ce sera le brevet de ce malheureux enfant, qu'il m'avait remis, et que j'ai oublié de lui rendre. O, o, o, oh! étourdi que je suis! que fera-t-il sans son brevet? Il faut courir...

LE COMTE. — Pourquoi vous l'aurait-il remis?

FIGARO, *embarrassé*. — Il... désirait qu'on y fît quelque chose.

LE COMTE *regarde son papier*. — Il n'y manque rien.

LA COMTESSE, *bas à Suzanne*. — Le cachet.

SUZANNE, *bas à Figaro*. — Le cachet manque.

LE COMTE, *à Figaro*. — Vous ne répondez pas?

FIGARO. — C'est... qu'en effet il y manque peu de chose. Il dit que c'est l'usage.

LE COMTE. — L'usage! l'usage! l'usage de quoi?

FIGARO. — D'y apposer le sceau de vos armes. Peut-être aussi que cela ne valait pas la peine.

LE COMTE *rouvre le papier et le chiffonne de colère*. — Allons il est écrit que je ne saurai rien. (*A part.*) C'est ce Figaro qui les mène, et je ne m'en vengerais pas!

Il veut sortir avec dépit.

FIGARO, *l'arrêtant*. — Vous sortez sans ordonner mon mariage?

SCÈNE XXII

BASILE, BARTHOLO, MARCELINE, FIGARO, LE COMTE, GRIPE-SOLEIL, LA COMTESSE, SUZANNE, ANTONIO, VALETS DU COMTE, SES VASSAUX.

MARCELINE, *au Comte*. — Ne l'ordonnez pas, monseigneur! Avant de lui faire grâce, vous nous devez justice. Il a des engagements avec moi.

LE COMTE, *à part*. — Voilà ma vengeance arrivée.

FIGARO. — Des engagements! de quelle nature? Expliquez-vous.

MARCELINE. — Oui, je m'expliquerai, malhonnête!

La Comtesse s'assied sur une bergère, Suzanne est derrière elle.

LE COMTE. — De quoi s'agit-il, Marceline?

MARCELINE. — D'une obligation de mariage.

FIGARO. — Un billet, voilà tout, pour de l'argent prêté.

---

1. *Povero* : le pauvre. C'est à l'italien que Figaro fait appel maintenant, dans sa verve et son émotion.

MARCELINE, *au Comte*. — Sous condition de m'épouser. Vous êtes un grand seigneur, le premier juge de la province[1]...

LE COMTE. — Présentez-vous au tribunal, j'y rendrai justice à tout le monde.

BASILE, *montrant Marceline*. — En ce cas, Votre Grandeur permet que je fasse aussi valoir mes droits sur Marceline?

LE COMTE, *à part*. — Ah! voilà mon fripon du billet.

FIGARO. — Autre fou de la même espèce!

LE COMTE, *en colère, à Basile*. — Vos droits! vos droits? il vous convient bien de parler devant moi, maître sot!

ANTONIO, *frappant dans sa main*. — Il ne l'a, ma foi, pas manqué du premier coup : c'est son nom.

LE COMTE. — Marceline, on suspendra tout jusqu'à l'examen de vos titres, qui se fera publiquement dans la grande salle d'audience. Honnête Basile, agent fidèle et sûr, allez au bourg chercher les gens du siège.

BASILE. — Pour son affaire?

LE COMTE. — Et vous m'amènerez le paysan du billet.

BASILE. — Est-ce que je le connais?

LE COMTE. — Vous résistez!

BASILE. — Je ne suis pas entré au château pour en faire les commissions.

LE COMTE. — Quoi donc?

BASILE. — Homme à talent sur l'orgue du village, je montre le clavecin à madame, à chanter à ses femmes, la mandoline aux pages; et mon emploi surtout est d'amuser votre compagnie avec ma guitare, quand il vous plaît me l'ordonner.

GRIPE-SOLEIL *s'avance*. — J'irai bien, monsigneu, si cela vous plaira[2]?

LE COMTE. — Quel est ton nom et ton emploi?

GRIPE-SOLEIL. — Je suis Gripe-Soleil, mon bon signeu; le petit patouriau des chèvres, commandé pour le feu d'artifice. C'est fête aujourd'hui dans le troupiau; et je sais oùs-ce qu'est toute l'enragée boutique à procès du pays.

LE COMTE. — Ton zèle me plaît; vas-y : mais vous (*à Basile*), accompagnez monsieur en jouant de la guitare et chantant pour l'amuser en chemin. Il est de ma compagnie.

GRIPE-SOLEIL, *joyeux*. — Oh! moi, je suis de la...?

Suzanne l'apaise de la main, en lui montrant la Comtesse.

1. La qualité de grand seigneur confère au Comte le titre et les prérogatives de premier magistrat d'Andalousie. Il rend lui-même la justice dans son domaine. On appréciera l'importance de ce rôle au cours du troisième acte. — 2. Gripe-Soleil, jeune pastoureau, s'exprime en un patois où les solécismes abondent.

BASILE, *surpris*. — Que j'accompagne Gripe-Soleil en jouant?...
LE COMTE. — C'est votre emploi. Partez, ou je vous chasse.

Il sort.

SCÈNE XXIII

LES ACTEURS PRÉCÉDENTS, excepté LE COMTE

BASILE, *à lui-même*. — Ah! je n'irai pas lutter contre le pot de fer, moi qui ne suis...
FIGARO. — Qu'une cruche[1].
BASILE, *à part*. — Au lieu d'aider à leur mariage, je m'en vais assurer le mien avec Marceline. (*A Figaro*.) Ne conclus rien, crois-moi, que je ne sois de retour.

Il va prendre la guitare sur le fauteuil du fond.

FIGARO *le suit*. — Conclure! oh! va, ne crains rien; quand même tu ne reviendrais jamais... Tu n'as pas l'air en train de chanter; veux-tu que je commence?... Allons, gai! haut la-mi-la, pour ma fiancée.

Il se met en marche à reculons, danse en chantant la séguedille[2] suivante. Basile accompagne, et tout le monde le suit.

SÉGUEDILLE : *air noté*.

Je préfère à la richesse
  La sagesse
De ma Suzon,
  Zon, zon, zon,
  Zon, zon, zon,
  Zon, zon, zon,
  Zon, zon, zon.

Aussi sa gentillesse
  Est maîtresse
De ma raison.
  Zon, zon, zon,
  Zon, zon, zon,
  Zon, zon, zon.
  Zon, zon, zon

Le bruit s'éloigne; on n'entend pas le reste.

SCÈNE XXIV

SUZANNE, LA COMTESSE

LA COMTESSE, *dans sa bergère*. — Vous voyez, Suzanne, la jolie scène que votre étourdi m'a value avec son billet.
SUZANNE. — Ah! madame, quand je suis rentrée du cabinet, si vous aviez vu votre visage! Il s'est terni tout à coup : mais ce

1. Basile a le goût des proverbes. Son allusion à la fable du pot de terre et du pot de fer lui attire ici une injure. — 2. *Séguedille* : air de danse populaire qui, d'une façon conventionnelle mais plaisante, nous rappelle que nous sommes en Espagne.

n'a été qu'un nuage, et par degrés vous êtes devenue rouge, rouge, rouge!

LA COMTESSE. — Il a donc sauté par la fenêtre?

SUZANNE. — Sans hésiter, le charmant enfant! Léger... comme une abeille.

LA COMTESSE. — Ah! ce fatal jardinier! Tout cela m'a remuée au point... que je ne pouvais rassembler deux idées.

SUZANNE. — Ah! madame, au contraire; et c'est là que j'ai vu combien l'usage du grand monde donne l'aisance aux dames comme il faut, pour mentir sans qu'il y paraisse.

LA COMTESSE. — Crois-tu que le Comte en soit la dupe? Et s'il trouvait cet enfant au château!

SUZANNE. — Je vais recommander de le cacher si bien...

LA COMTESSE. — Il faut qu'il parte. Après ce qui vient d'arriver, vous croyez bien que je ne suis pas tentée de l'envoyer au jardin à votre place.

SUZANNE. — Il est certain que je n'irai pas non plus. Voilà donc mon mariage encore une fois...

LA COMTESSE *se lève.* — Attends... Au lieu d'un autre, ou de toi, si j'y allais moi-même[1]?

SUZANNE. — Vous, madame?

LA COMTESSE. — Il n'y aurait personne d'exposé... Le Comte alors ne pourrait nier... Avoir puni sa jalousie, et lui prouver son infidélité, cela serait... Allons : le bonheur d'un premier hasard m'enhardit à tenter le second. Fais-lui savoir promptement que tu te rendras au jardin. Mais surtout que personne...

SUZANNE. — Ah! Figaro.

LA COMTESSE. — Non, non. Il voudrait mettre ici du sien... Mon masque de velours et ma canne; que j'aille y rêver sur la terrasse.

Suzanne entre dans le cabinet de toilette.

SCÈNE XXV

LA COMTESSE, seule.

Il est assez effronté, mon petit projet! (*Elle se retourne.*) Ah! le ruban! mon joli ruban! je t'oubliais! (*Elle le prend sur sa bergère et le roule.*) Tu ne me quitteras plus... tu me rappelleras la scène où ce malheureux enfant... Ah! monsieur le Comte, qu'avez-vous fait?... Et moi, que fais-je en ce moment?

1. *Moi-même* : cette idée que vient soudainement d'avoir la Comtesse porte en germe toutes les complexités de l'intrigue finale et les malentendus qui en découleront.

SCÈNE XXVI

LA COMTESSE, SUZANNE

La Comtesse met furtivement le ruban dans son sein.

SUZANNE. — Voici la canne et votre loup[1].

LA COMTESSE. — Souviens-toi que je t'ai défendu d'en dire un mot à Figaro.

SUZANNE, *avec joie.* — Madame, il est charmant, votre projet! Je viens d'y réfléchir. Il rapproche tout, termine tout, embrasse tout; et, quelque chose qui arrive, mon mariage est maintenant certain.

Elle baise la main de sa maîtresse. Elles sortent.

Pendant l'entracte, des valets arrangent la salle d'audience. On apporte les deux banquettes à dossier des avocats, que l'on place aux deux côtés du théâtre, de façon que le passage soit libre par-derrière. On pose une estrade à deux marches dans le milieu du théâtre, vers le fond, sur laquelle on place le fauteuil du Comte. On met la table du greffier et son tabouret de côté sur le devant, et des sièges pour Brid'oison et d'autres juges, des deux côtés de l'estrade du Comte[2].

ACTE III

Le théâtre représente une salle du château, appelée salle du trône, et servant de salle d'audience, ayant sur le côté une impériale en dais[3] et, dessous, le portrait du roi.

SCÈNE I

LE COMTE, PÉDRILLE, en veste, botté, tenant un paquet cacheté.

LE COMTE, *vite.* — M'as-tu bien entendu?

PÉDRILLE. — Excellence, oui.

Il sort.

---

1. *Loup* : un loup est un demi-masque de velours ou de satin noir. — 2. Beaumarchais tenait à occuper l'attention des spectateurs pendant les entractes en leur faisant suivre les évolutions des machinistes et les changements de décor (il avait ainsi fait dans *Eugénie*). — 3. *Une impériale en dais* : il s'agit d'une sorte d'étoffe de laine fine (serge impériale) formant un baldaquin au-dessus du trône.

SCÈNE II

LE COMTE, seul, criant.

Pédrille?

SCÈNE III

LE COMTE, PÉDRILLE revient.

PÉDRILLE. — Excellence!
LE COMTE. — On ne t'a pas vu?
PÉDRILLE. — Ame qui vive.
LE COMTE. — Prenez le cheval barbe[1].
PÉDRILLE. — Il est à la grille du potager, tout sellé.
LE COMTE. — Ferme, d'un trait, jusqu'à Séville.
PÉDRILLE. — Il n'y a que trois lieues, elles sont bonnes.
LE COMTE. — En descendant, sachez si le page est arrivé.
PÉDRILLE. — Dans l'hôtel?
LE COMTE. — Oui; surtout depuis quel temps.
PÉDRILLE. — J'entends.
LE COMTE. — Remets-lui son brevet et reviens vite.
PÉDRILLE. — Et s'il n'y était pas?
LE COMTE. — Revenez plus vite, et m'en rendez compte. Allez.

SCÈNE IV

LE COMTE[2], seul, marche en rêvant.

J'ai fait une gaucherie en éloignant Basile!... la colère n'est bonne à rien. — Ce billet remis par lui, qui m'avertit d'une entreprise sur la Comtesse; la cameriste enfermée quand j'arrive; la maîtresse affectée d'une terreur fausse ou vraie; un homme qui saute par la fenêtre, et l'autre après qui avoue... ou qui prétend que c'est lui... Le fil m'échappe. I! y a là-dedans une obscurité... Des libertés chez mes vassaux, qu'importe à gens de cette étoffe? Mais la Comtesse! si quelque insolent attentait... Où m'égaré-je?

---

1. *Cheval barbe* : cheval originaire des pays barbaresques, en particulier du Maroc. — 2. Ce monologue est caractéristique de l'état d'esprit du Comte, victime d'une coalition, d'un complot soigneusement ourdi; et son désarroi est celui d'un homme embarrassé qui se heurte à mille énigmes.

En vérité, quand la tête se monte, l'imagination la mieux réglée devient folle comme un rêve! — Elle s'amusait; ces ris étouffés, cette joie mal éteinte! — Elle se respecte; et mon honneur... où diable on l'a placé! De l'autre part, où suis-je? cette friponne de Suzanne a-t-elle trahi mon secret?... Comme il n'est pas encore le sien!... Qui donc m'enchaîne à cette fantaisie? j'ai voulu vingt fois y renoncer... Étrange effet de l'irrésolution! si je la voulais sans débat, je la désirerais mille fois moins. — Ce Figaro se fait bien attendre! il faut le sonder adroitement (*Figaro paraît dans le fond; il s'arrête*), et tâcher, dans la conversation que je vais avoir avec lui, de démêler d'une manière détournée s'il est instruit ou non de mon amour pour Suzanne.

SCÈNE V

LE COMTE, FIGARO

FIGARO, *à part*. — Nous y voilà.

LE COMTE. — ... S'il en sait par elle un seul mot...

FIGARO, *à part*. — Je m'en suis douté.

LE COMTE. — ... Je lui fais épouser la vieille.

FIGARO, *à part*. — Les amours de monsieur Basile!

LE COMTE. — ... Et voyons ce que nous ferons de la jeune.

FIGARO, *à part*. — Ah! ma femme, s'il vous plaît.

LE COMTE *se retourne*. — Hein? quoi? qu'est-ce que c'est?

FIGARO, *s'avance*. — Moi, qui me rends à vos ordres.

LE COMTE. — Et pourquoi ces mots?

FIGARO. — Je n'ai rien dit.

LE COMTE *répète*. — *Ma femme, s'il vous plaît?*

FIGARO. — C'est... la fin d'une réponse que je faisais : *Allez le dire à ma femme, s'il vous plaît*[1].

LE COMTE *se promène*. — *Sa femme!*... Je voudrais bien savoir quelle affaire peut arrêter monsieur, quand je le fais appeler?

FIGARO, *feignant d'assurer son habillement*. — Je m'étais sali sur ces couches en tombant; je me changeais.

LE COMTE. — Faut-il une heure?

FIGARO. — Il faut le temps.

LE COMTE. — Les domestiques ici!... sont plus longs à s'habiller que les maîtres!

FIGARO. — C'est qu'ils n'ont point de valets pour les y aider[2].

1. Figaro n'est jamais pris de court. Notons ici avec quelle prompte habileté il se tire d'affaire. — 2. Parmi les répliques spirituelles de Figaro, celles qui « portent » le plus sont toujours teintées de quelque insolence et ont la valeur d'une critique sociale.

LE COMTE. — ... Je n'ai pas trop compris ce qui vous avait forcé tantôt de courir un danger inutile, en vous jetant...

FIGARO. — Un danger! on dirait que je me suis engouffré tout vivant...

LE COMTE. — Essayez de me donner le change en feignant de le prendre, insidieux valet! Vous entendez fort bien que ce n'est pas le danger qui m'inquiète, mais le motif.

FIGARO. — Sur un faux avis, vous arrivez furieux, renversant tout, comme le torrent de la Morena; vous cherchez un homme, il vous le faut, ou vous allez briser les portes, enfoncer les cloisons! je me trouve là par hasard: qui sait, dans votre emportement, si...

LE COMTE, *interrompant.* — Vous pouviez fuir par l'escalier.

FIGARO. — Et vous, me prendre au corridor.

LE COMTE, *en colère.* — Au corridor! (*A part.*) Je m'emporte et nuis à ce que je veux savoir.

FIGARO, *à part.* — Voyons-le venir et jouons serré.

LE COMTE, *radouci.* — Ce n'est pas ce que je voulais dire; laissons cela. J'avais... oui, j'avais quelque envie de t'emmener à Londres, courrier de dépêches... mais, toutes réflexions faites...

FIGARO. — Monseigneur a changé d'avis?

LE COMTE. — Premièrement, tu ne sais pas l'anglais.

FIGARO. — Je sais *God-dam*.

LE COMTE. — Je n'entends pas.

FIGARO. — Je dis que je sais *God-dam*.

LE COMTE. — Hé bien?

FIGARO. — Diable! c'est une belle langue que l'anglais, il en faut peu pour aller loin. Avec *God-dam*[1], en Angleterre, on ne manque de rien nulle part. Voulez-vous tâter d'un bon poulet gras? entrez dans une taverne et faites seulement ce geste au garçon. (*Il tourne la broche.*) *God-dam!* on vous apporte un pied de bœuf salé, sans pain. C'est admirable! Aimez-vous boire un coup d'excellent bourgogne ou de clairet? rien que celui-ci. (*Il débouche une bouteille.*) *God-dam!* on vous sert un pot de bière, un bel étain, la mousse aux bords. Quelle satisfaction! Rencontrez-vous une de ces jolies personnes qui vont trottant menu, les yeux baissés, coudes en arrière, et tortillant un peu des hanches? mettez mignardement tous les doigts unis sur la bouche. Ah! *God-dam!* elle vous

---

1. *Goddam* : ce juron anglais, qui signifie étymologiquement « Dieu me damne », était autrefois d'un usage populaire courant, à tel point que les Français appelaient familièrement un Anglais un « *goddam* » ou un « *godon* ». Mais à l'époque de Beaumarchais il n'est plus guère employé et relève déjà de la légende ou de la convention : c'est pour cela que Figaro en fait ironiquement le « *Sésame, ouvre-toi* » de la vie quotidienne anglaise dans ce couplet brillant et célèbre à juste titre.

sangle un soufflet de crocheteur[1] : preuve qu'elle entend. Les Anglais, à la vérité, ajoutent par-ci par-là quelques autres mots en conversant; mais il est bien aisé de voir que *God-dam* est le fond de la langue! et si monseigneur n'a pas d'autre motif de me laisser en Espagne...

LE COMTE, *à part.* — Il veut venir à Londres; elle n'a pas parlé.

FIGARO, *à part.* — Il croit que je ne sais rien; travaillons-le un peu dans son genre.

LE COMTE. — Quel motif avait la Comtesse pour me jouer un pareil tour?

FIGARO. — Ma foi, monseigneur, vous le savez mieux que moi.

LE COMTE. — Je la préviens sur tout et la comble de présents.

FIGARO. — Vous lui donnez, mais vous êtes infidèle. Sait-on gré du superflu à qui nous prive du nécessaire?

LE COMTE. — ... Autrefois tu me disais tout.

FIGARO. — Et maintenant je ne vous cache rien.

LE COMTE. — Combien la Comtesse t'a-t-elle donné pour cette belle association?

FIGARO. — Combien me donnâtes-vous pour la tirer des mains du docteur[2]? Tenez, monseigneur, n'humilions pas l'homme qui nous sert bien, crainte d'en faire un mauvais valet.

LE COMTE. — Pourquoi faut-il qu'il y ait toujours du louche en ce que tu fais?

FIGARO. —C'est qu'on en voit partout quand on cherche des torts.

LE COMTE. — Une réputation détestable!

FIGARO. — Et si je vaux mieux qu'elle? Y a-t-il beaucoup de seigneurs qui puissent en dire autant?

LE COMTE. — Cent fois je t'ai vu marcher à la fortune, et jamais aller droit.

FIGARO. — Comment voulez-vous? la foule est là : chacun veut courir, on se presse, on pousse, on coudoie, on renverse; arrive qui peut; le reste est écrasé. Aussi c'est fait; pour moi, j'y renonce.

LE COMTE. — A la fortune? (*A part.*) Voici du neuf.

FIGARO. — (*A part.*) A mon tour maintenant. (*Haut.*) Votre Excellence m'a gratifié de la conciergerie du château; c'est un fort joli sort : à la vérité, je ne serai pas le courrier étrenné des nouvelles intéressantes[3]; mais, en revanche, heureux avec ma femme au fond de l'Andalousie...

---

1. *Crocheteur* : c'est-à-dire un porte-faix dont l'instrument de travail était un crochet. Par suite : homme fruste (cf. Malherbe : *les crocheteurs du Port-au-Foin*). — 2. *Du docteur* : Bartholo évidemment. Figaro rap-pelle opportunément au Comte les services qu'il lui rendit dans *Le Barbier de Séville.* — 3. C'est-à-dire le courrier qui est le premier à être informé des nouvelles intéressantes. Expression elliptique.

LE COMTE. — Qui t'empêcherait de l'emmener à Londres?

FIGARO. — Il faudrait la quitter si souvent que j'aurais bientôt du mariage par-dessus la tête.

LE COMTE. — Avec du caractère et de l'esprit, tu pourrais un jour t'avancer dans les bureaux.

FIGARO. — De l'esprit pour s'avancer? Monseigneur se rit du mien. Médiocre et rampant; et l'on arrive à tout.

LE COMTE. — ... Il ne faudrait qu'étudier un peu sous moi la politique.

FIGARO. — Je la sais.

LE COMTE. — Comme l'anglais, le fond de la langue!

FIGARO. — Oui, s'il y avait ici de quoi se vanter. Mais feindre d'ignorer ce qu'on sait, de savoir tout ce qu'on ignore; d'entendre ce qu'on ne comprend pas, de ne point ouïr ce qu'on entend; surtout de pouvoir au-delà de ses forces; avoir souvent pour grand secret de cacher qu'il n'y en a point; s'enfermer pour tailler des plumes, et paraître profond, quand on n'est, comme on dit, que vide et creux; jouer bien ou mal un personnage; répandre des espions et pensionner des traîtres; amollir des cachets, intercepter des lettres et tâcher d'ennoblir la pauvreté des moyens par l'importance des objets, voilà toute la politique, ou je meure[1]!

LE COMTE. — Eh! c'est l'intrigue que tu définis!

FIGARO. — La politique, l'intrigue, volontiers; mais, comme je les crois un peu germaines, en fasse qui voudra! *J'aime mieux ma mie, oh gai!* comme dit la chanson du bon roi[2].

LE COMTE, *à part*. — Il veut rester. J'entends... Suzanne m'a trahi.

FIGARO, *à part*. — Je l'enfile et le paye en sa monnaie.

LE COMTE. — Ainsi tu espères gagner ton procès contre Marceline?

FIGARO. — Me feriez-vous un crime de refuser une vieille fille, quand Votre Excellence se permet de nous souffler toutes les jeunes?

LE COMTE, *raillant*. — Au tribunal, le magistrat s'oublie et ne voit plus que l'ordonnance.

FIGARO. — Indulgente aux grands, dure aux petits...

LE COMTE. — Crois-tu donc que je plaisante?

FIGARO. — Eh! qui le sait, monseigneur? *Tempo e galant'*

1. Les réflexions satiriques mais fort justes que nous propose Figaro dans ce petit morceau de bravoure s'appliquent, en fait, à la diplomatie, art de l'intrigue. C'est d'ailleurs ce qu'il entend par *politique*. — 2. C'est la chanson populaire du « bon roi » Henri IV qu'Alceste oppose au trop précieux sonnet d'Oronte dans *Le Misanthrope*.

uomo[1], dit l'italien ; il dit toujours la vérité : c'est lui qui m'apprendra qui me veut du mal, ou du bien.

LE COMTE, *à part.* — Je vois qu'on lui a tout dit ; il épousera la duègne.

FIGARO, *à part.* — Il a joué au fin avec moi, qu'a-t-il appris ?

SCÈNE VI

LE COMTE, UN LAQUAIS, FIGARO

LE LAQUAIS, *annonçant.* — Don Gusman Brid'oison[2] !

LE COMTE. — Brid'oison ?

FIGARO. — Eh ! sans doute. C'est le juge ordinaire, le lieutenant du siège, votre prud'homme[3].

LE COMTE. — Qu'il attende.

Le laquais sort.

SCÈNE VII

LE COMTE, FIGARO

FIGARO *reste un moment à regarder le Comte, qui rêve.* — ... Est-ce là ce que monseigneur voulait ?

LE COMTE, *revenant à lui.* — Moi ?... je disais d'arranger ce salon pour l'audience publique.

FIGARO. — Hé, qu'est-ce qu'il manque ? le grand fauteuil pour vous, de bonnes chaises aux prud'hommes, le tabouret du greffier, deux banquettes aux avocats, le plancher pour le beau monde et la canaille[4] derrière. Je vais renvoyer les frotteurs.

Il sort.

1. *Tempo e galant' uomo* : proverbe italien : le temps est un galant homme. — 2. *Brid'oison* : ce personnage de juge ridicule a pour ancêtre le Bridoie de Rabelais qui réglait tous les différends au moyen de deux dés. Il représente ici le conseiller Goëzman qui fut chargé d'instruire le procès La Blache contre Beaumarchais (voir : *Notice biographique*) et devint son ennemi mortel. Brid'oison s'appelle d'ailleurs Don Gusman, ce qui est une transparente déformation de Goëzman. — 3. *Prud'homme* : quand Brid'oison ne joue pas le rôle de juge ordinaire (suppléant du Comte), il n'est plus qu'un prud'homme, c'est-à-dire un expert dont on prend les avis. — 4. *Canaille* : c'est, dans une acception toujours péjorative, la vile populace. Mais Figaro lui-même n'appartient-il pas à la canaille ?

SCÈNE VIII

LE COMTE, seul.

Le maraud m'embarrassait. En disputant, il prend son avantage, il vous serre, vous enveloppe... Ah! friponne et fripon, vous vous entendez pour me jouer! Soyez amis, soyez amants, soyez ce qu'il vous plaira, j'y consens; mais, parbleu, pour époux...

SCÈNE IX

SUZANNE, LE COMTE

SUZANNE, *essoufflée.* — Monseigneur... pardon, monseigneur.

LE COMTE, *avec humeur.* — Qu'est-ce qu'il y a, mademoiselle?

SUZANNE. — Vous êtes en colère!

LE COMTE. — Vous voulez quelque chose, apparemment?

SUZANNE, *timidement.* — C'est que ma maîtresse a ses vapeurs[1]. J'accourais vous prier de nous prêter votre flacon d'éther. Je l'aurais rapporté dans l'instant.

LE COMTE *le lui donne.* — Non, non, gardez-le pour vous-même. Il ne tardera pas à vous être utile.

SUZANNE. — Est-ce que les femmes de mon état ont des vapeurs, donc? C'est un mal de condition, qu'on ne prend que dans les boudoirs.

LE COMTE. — Une fiancée bien éprise et qui perd son futur...

SUZANNE. — En payant Marceline avec la dot que vous m'avez promise...

LE COMTE. — Que je vous ai promise, moi?

SUZANNE, *baissant les yeux.* — Monseigneur, j'avais cru l'entendre.

LE COMTE. — Oui, si vous consentiez à m'entendre vous-même.

SUZANNE, *les yeux baissés.* — Et n'est-ce pas mon devoir d'écouter Son Excellence?

LE COMTE. — Pourquoi donc, cruelle fille, ne me l'avoir pas dit plus tôt?

SUZANNE. — Est-il jamais trop tard pour dire la vérité?

LE COMTE. — Tu te rendrais sur la brune au jardin?

---

1. *Ses vapeurs :* vapeurs montant au cerveau et auxquelles on attribuait un trouble général du corps.

SUZANNE. — Eſt-ce que je ne m'y promène pas tous les soirs?

LE COMTE. — Tu m'as traité ce matin si sévèrement!

SUZANNE. — Ce matin? — Et le page derrière le fauteuil?

LE COMTE. — Elle a raison, je l'oubliais. Mais pourquoi ce refus obſtiné, quand Basile, de ma part?...

SUZANNE. — Quelle nécessité qu'un Basile...?

LE COMTE. — Elle a toujours raison. Cependant il y a un certain Figaro à qui je crains bien que vous n'ayez tout dit.

SUZANNE. — Dame! oui, je lui dis tout... hors ce qu'il faut lui taire.

LE COMTE, *en riant*. — Ah! charmante! Et tu me le promets? Si tu manquais à ta parole, entendons-nous, mon cœur : point de rendez-vous, point de dot, point de mariage.

SUZANNE, *faisant la révérence*. — Mais aussi point de mariage, point de droit du seigneur, monseigneur.

LE COMTE. — Où prend-elle ce qu'elle dit? D'honneur, j'en raffolerai! Mais ta maîtresse attend le flacon...

SUZANNE, *riant et rendant le flacon*. — Aurais-je pu vous parler sans un prétexte?

LE COMTE *veut l'embrasser*. — Délicieuse créature!

SUZANNE *s'échappe*. — Voilà du monde.

LE COMTE, *à part*. — Elle eſt à moi[1].

Il s'enfuit.

SUZANNE. — Allons vite rendre compte à madame.

SCÈNE X

SUZANNE, FIGARO

FIGARO. — Suzanne, Suzanne! où cours-tu donc si vite en quittant monseigneur?

SUZANNE. — Plaide à présent, si tu le veux; tu viens de gagner ton procès.

Elle s'enfuit.

FIGARO *la suit*. — Ah! mais, dis donc...

1. Le Comte est vite enthousiaste ou déçu. Sa satisfaction, ou son humeur, varie selon les péripéties de l'intri-gue. Le voilà soudain tout heureux, mais ses illusions vont s'évanouir bientôt.

SCÈNE XI

LE COMTE rentre seul.

Tu viens de gagner ton procès! — Je donnais là dans un bon piège!
O mes chers insolents! je vous punirai de façon... Un bon arrêt,
bien juſte... Mais s'il allait payer la duègne!... Avec quoi?... S'il
payait... Eeeeh! n'ai-je pas le fier Antonio, dont le noble orgueil
dédaigne, en Figaro, un inconnu pour sa nièce? En caressant
cette manie... Pourquoi non? dans le vaſte champ de l'intrigue[1]
il faut savoir tout cultiver, jusqu'à la vanité d'un sot. (*Il appelle.*)
Anto...

Il voit entrer Marceline, etc. Il sort.

SCÈNE XII

BARTHOLO, MARCELINE, BRID'OISON

MARCELINE, *à Brid'oison.* — Monsieur, écoutez mon affaire.

BRID'OISON, *en robe, et bégayant[2] un peu.* — Eh bien! pa-ar-lons-en
verbalement.

BARTHOLO. — C'eſt une promesse de mariage.

MARCELINE. — Accompagnée d'un prêt d'argent.

BRID'OISON. — J'en-entends, *et cætera*, le reſte.

MARCELINE. — Non, monsieur, point d'*et cætera*.

BRID'OISON. — J'en-entends : vous avez la somme?

MARCELINE. — Non, monsieur; c'eſt moi qui l'ai prêtée.

BRID'OISON. — J'en-entends bien, vou-ous redemandez l'argent?

MARCELINE. — Non, monsieur; je demande qu'il m'épouse.

BRID'OISON. — Eh! mais j'en-entends fort bien; et lui veu-
eut-il vous épouser?

MARCELINE. — Non, monsieur, voilà tout le procès.

BRID'OISON. — Croyez-vous que je ne l'en-entende pas, le
procès?

MARCELINE. — Non, monsieur. (*A Bartholo.*) Où sommes-
nous? (*A Brid'oison.*) Quoi! c'eſt vous qui nous jugerez?

---

1. *Le vaste champ de l'intrigue* où
Beaumarchais s'eſt complu toute sa
vie. Le *Mariage* est aussi la première
grande comédie d'*intrigue* du théâtre
français. — 2. Ce bégaiement rend le personnage de Brid'oison encore plus grotesque. De plus il y a là une parodie de
l'accent alsacien du conseiller Goëzman.

BRID'OISON. — Est-ce que j'ai acheté ma charge pour autre chose?

MARCELINE, *en soupirant*. — C'est un grand abus que de les vendre!

BRID'OISON. — Oui; l'on-on ferait mieux de nous les donner pour rien. Contre qui plai-aidez-vous?

SCÈNE XIII

BARTHOLO, MARCELINE, BRID'OISON, FIGARO rentre
en se frottant les mains.

MARCELINE, *montrant Figaro*. — Monsieur, contre ce malhonnête homme.

FIGARO, *très gaiement, à Marceline*. — Je vous gêne peut-être. — Monseigneur revient dans l'instant, monsieur le conseiller.

BRID'OISON. — J'ai vu ce ga-arçon quelque part.

FIGARO. — Chez madame votre femme, à Séville, pour la servir, monsieur le conseiller.

BRID'OISON. — Dan-ans quel temps?

FIGARO. — Un peu moins d'un an avant la naissance de monsieur votre fils, le cadet, qui est un bien joli enfant, je m'en vante.

BRID'OISON. — Oui, c'est le plus jo-oli de tous. On dit que tu-u fais ici des tiennes?

FIGARO. — Monsieur est bien bon. Ce n'est là qu'une misère.

BRID'OISON. — Une promesse de mariage! A-ah! le pauvre benêt!

FIGARO. — Monsieur...

BRID'OISON. — A-t-il vu mon-on secrétaire, ce bon garçon?

FIGARO. — N'est-ce pas Double-Main, le greffier?

BRID'OISON. — Oui, c'è-est qu'il mange à deux râteliers.

FIGARO. — Manger! je suis garant qu'il dévore. Oh! que oui! je l'ai vu pour l'extrait et pour le supplément d'extrait, comme cela se pratique, au reste.

BRID'OISON. — On-on doit remplir les formes.

FIGARO. — Assurément, monsieur : si le fond des procès appartient aux plaideurs, on sait bien que la forme est le patrimoine des tribunaux[1].

BRID'OISON. — Ce garçon-là n'è-est pas si niais que je l'avais

1. Brid'oison est en effet le type du juge formaliste et c'est l'importance trop souvent accordée à la forme par les représentants de la justice que raille Beaumarchais dans toute cette scène.

cru d'abord. Hé bien! l'ami, puisque tu en sais tant, nou-ous aurons soin de ton affaire.

FIGARO. — Monsieur, je m'en rapporte à votre équité; quoique vous soyez de notre justice.

BRID'OISON. — Hein?... Oui, je suis de la-a justice. Mais si tu dois, et que tu-u ne payes pas?

FIGARO. — Alors monsieur voit bien que c'est comme si je ne devais pas.

BRID'OISON. — San-ans doute. — Hé! mais qu'est-ce donc qu'il dit?

SCÈNE XIV

BARTHOLO, MARCELINE, LE COMTE, BRID'OISON, FIGARO, UN HUISSIER

L'HUISSIER, *précédant le Comte, crie.* — Monseigneur, messieurs!

LE COMTE. — En robe ici, seigneur Brid'oison! ce n'est qu'une affaire domestique : l'habit de ville était trop bon.

BRID'OISON. — C'è-est vous qui l'êtes, monsieur le Comte. Mais je ne vais jamais san-ans elle, parce que la forme, voyez-vous, la forme! Tel rit d'un juge en habit court, qui-i tremble au seul aspect d'un procureur en robe[1]. La forme, la-a forme!

LE COMTE, *à l'huissier.* — Faites entrer l'audience.

L'HUISSIER *va ouvrir en glapissant.* — L'audience!

SCÈNE XV

LES ACTEURS PRÉCÉDENTS, ANTONIO, LES VALETS DU CHATEAU, LES PAYSANS ET PAYSANNES, en habits de fête. LE COMTE s'assied sur le grand fauteuil; BRID'OISON, sur une chaise à côté, LE GREFFIER, sur le tabouret, derrière sa table, LES JUGES, LES AVOCATS, sur les banquettes; MARCELINE, à côté de BARTHOLO, FIGARO, sur l'autre banquette, LES PAYSANS ET LES VALETS, debout derrière[2].

BRID'OISON, *à Double-Main.* — Double-Main, a-appelez les causes.

---

1. Depuis Molière et La Fontaine, les railleurs ne se sont point lassés de dire que l'autorité des magistrats vient surtout de l'effroi sacré qu'inspire leur costume. — 2. Beaumar-chais se plaît à ménager de temps en temps de grandes scènes où tous les acteurs et comparses sont réunis sur le plateau, ce qui appartient à la tradition de l'opérette.

DOUBLE-MAIN *lit un papier*. — " Noble, très noble, infiniment noble, don Pedro George, hidalgo[1], baron de los Altos, y Montes Fieros, y otros montes; contre Alonzo Calderon, jeune auteur dramatique. " Il est question d'une comédie mort-née, que chacun désavoue et rejette sur l'autre.

LE COMTE. — Ils ont raison tous deux. Hors de cour. S'ils font ensemble un autre ouvrage, pour qu'il marque un peu dans le grand monde, ordonné que le noble y mettra son nom, le poète son talent[2].

DOUBLE-MAIN *lit un autre papier*. — " André Petrutchio, laboureur, contre le receveur de la province. " Il s'agit d'un forcement arbitraire[3].

LE COMTE. — L'affaire n'est pas de mon ressort. Je servirai mieux mes vassaux en les protégeant près du roi. Passez.

DOUBLE-MAIN *en prend un troisième*. — (*Bartholo et Figaro se lèvent*.) " Barbe-Agar-Raab-Madeleine-Nicole-Marceline de Verte-Allure, fille majeure (*Marceline se lève et salue*), contre Figaro... nom de baptême en blanc? "

FIGARO. — Anonyme.

BRID'OISON. — A-anonyme! Qué-el patron est-ce là?

FIGARO. — C'est le mien.

DOUBLE-MAIN *écrit*. — Contre Anonyme Figaro. Qualités?

FIGARO. — Gentilhomme.

LE COMTE. — Vous êtes gentilhomme?

Le greffier écrit.

FIGARO. — Si le ciel l'eût voulu, je serais le fils d'un prince.

LE COMTE, *au greffier*. — Allez.

L'HUISSIER, *glapissant*. — Silence, messieurs!

DOUBLE-MAIN *lit*. — " ... Pour cause d'opposition faite au mariage dudit Figaro par ladite de Verte-Allure. Le docteur Bartholo, plaidant pour la demanderesse, et ledit Figaro pour lui-même, si la cour le permet, contre le vœu de l'usage et la jurisprudence du siège. "

FIGARO. — L'usage, maître Double-Main, est souvent un abus. Le client un peu instruit sait toujours mieux sa cause que certains avocats qui, suant à froid, criant à tue-tête et connaissant tout, hors le fait, s'embarrassent aussi peu de ruiner le plaideur que d'ennuyer l'auditoire et d'endormir messieurs : plus boursouflés

---

1. *Hidalgo* : noble espagnol. — 2. Au passage une pointe de satire. Beaumarchais tient à cette idée que dans l'état social du XVIIIe siècle, le vrai talent reste obscur et que la noblesse l'usurpe à son profit (cf. le monologue de Figaro, acte V). — 3. *Forcement arbitraire* : contrainte par saisie que le receveur décrète arbitrairement.

après que s'ils eussent composé l'*Oratio pro Murena*[1]. Moi, je dirai le fait en peu de mots. Messieurs...

DOUBLE-MAIN. — En voilà beaucoup d'inutiles, car vous n'êtes pas demandeur, et n'avez que la défense. Avancez, docteur, et lisez la promesse.

FIGARO. — Oui, promesse!

BARTHOLO, *mettant ses lunettes.* — Elle est précise.

BRID'OISON. — I-il faut la voir.

DOUBLE-MAIN. — Silence donc, messieurs!

L'HUISSIER, *glapissant.* — Silence!

BARTHOLO *lit.* —" *Je soussigné reconnais avoir reçu de damoiselle, etc., Marceline de Verte-Allure, dans le château d'Aguas-Frescas, la somme de deux mille piastres fortes cordonnées; laquelle somme je lui rendrai à sa réquisition, dans ce château, et je l'épouserai par forme de reconnaissance, etc.* " Signé : *Figaro*, tout court. Mes conclusions sont au payement du billet et à l'exécution de la promesse, avec dépens[2]. (*Il plaide.*) Messieurs... jamais cause plus intéressante ne fut soumise au jugement de la cour; et, depuis Alexandre le Grand, qui promit mariage à la belle Thalestris[3]...

LE COMTE, *interrompant.* — Avant d'aller plus loin, avocat, convient-on de la validité du titre?

BRID'OISON, *à Figaro.* — Qu'oppo... qu'oppo-osez-vous à cette lecture?

FIGARO. — Qu'il y a, messieurs, malice, erreur ou distraction dans la manière dont on a lu la pièce : car il n'est pas dit dans l'écrit : *laquelle somme je lui rendrai*, ET *je l'épouserai;* mais, *laquelle somme je lui rendrai*, OU *je l'épouserai;* ce qui est bien différent[4].

LE COMTE. — Y a-t-il *et* dans l'acte; ou bien *ou?*

BARTHOLO. — Il y a *et*.

FIGARO. — Il y a *ou*.

BRID'OISON. — Dou-ouble-Main, lisez vous-même.

DOUBLE-MAIN, *prenant le papier.* — Et c'est le plus sûr; car souvent les parties déguisent en lisant. (*Il lit.*) E, e, e, e, *Damoiselle* e e, e, *de Verte-Allure* e, e, e. Ha! *laquelle somme je lui rendrai à sa réquisition, dans ce château...* ET... OU... ET... OU... Le mot est si mal écrit... il y a un pâté.

BRID'OISON. — Un pâ-âté? je sais ce que c'est.

---

1. *Oratio pro Murena* : le célèbre plaidoyer de Cicéron. Figaro y fait allusion avec le pédantisme d'un autodidacte. — 2. *Avec dépens* : c'est-à-dire avec obligation de régler les frais du procès. — 3. *Thalestris* : ce mouvement oratoire de Bartholo rappelant un précédent historique si lointain fait songer à celui de l'Intimé qui, dans *Les Plaideurs* de Racine, évoque la naissance du monde et se fait interrompre par le juge Dandin : « Avocat, ah! passons au déluge. » — 4. Cette dispute qui porte sur un mot, d'ailleurs d'une incontestable importance, est le type de la controverse formaliste.

BARTHOLO, *plaidant.* — Je soutiens, moi, que c'est la conjonction copulative ET qui lie les membres corrélatifs de la phrase : Je payerai la demoiselle, ET je l'épouserai.

FIGARO, *plaidant.* — Je soutiens, moi, que c'est la conjonction alternative OU qui sépare lesdits membres : Je payerai la donzelle, OU je l'épouserai. A pédant, pédant et demi. Qu'il s'avise de parler latin, j'y suis grec; je l'extermine.

LE COMTE. — Comment juger pareille question?

BARTHOLO. — Pour la trancher, messieurs, et ne plus chicaner sur un mot, nous passons qu'il y ait OU.

FIGARO. — J'en demande acte.

BARTHOLO. — Et nous y adhérons. Un si mauvais refuge ne sauvera pas le coupable : examinons le titre en ce sens. (*Il lit.*) *Laquelle somme je lui rendrai dans ce château* où *je l'épouserai.* C'est ainsi qu'on dirait, messieurs : *Vous vous ferez saigner dans ce lit* où *vous resterez chaudement,* c'est " dans lequel ". *Il prendra deux grains de rhubarbe* où *vous mêlerez un peu de tamarin*[1] : dans lesquels on mêlera. Ainsi *château* où *je l'épouserai,* messieurs, *c'est château dans lequel*...

FIGARO. — Point du tout : la phrase est dans le sens de celle-ci : ou *la maladie vous tuera,* ou *ce sera le médecin*[2]; ou bien *le médecin;* c'est incontestable. Autre exemple : ou *vous n'écrirez rien qui plaise,* ou *les sots vous dénigreront;* ou bien *les sots;* le sens est clair; car, audit cas, *sots ou méchants* sont le substantif qui gouverne. Maître Bartholo croit-il donc que j'aie oublié ma syntaxe? Ainsi, je la payerai dans ce château, *virgule,* ou je l'épouserai...

BARTHOLO, *vite.* — Sans virgule.

FIGARO, *vite.* — Elle y est. C'est, *virgule,* messieurs, ou bien je l'épouserai.

BARTHOLO, *regardant le papier, vite.* — Sans virgule, messieurs.

FIGARO, *vite.* — Elle y était, messieurs. D'ailleurs, l'homme qui épouse est-il tenu de rembourser?

BARTHOLO, *vite.* — Oui; nous nous marions séparés de biens.

FIGARO, *vite.* — Et nous de corps, dès que mariage n'est pas quittance.

Les juges se lèvent et opinent tout bas.

BARTHOLO. — Plaisant acquittement!

DOUBLE-MAIN. — Silence, messieurs!

L'HUISSIER, *glapissant.* — Silence!

BARTHOLO. — Un pareil fripon appelle cela payer ses dettes.

---

1. *Tamarin* : la rhubarbe et le tamarin sont deux végétaux à vertu laxative, en usage au XVIIIᵉ siècle. — 2. Même dans ses exemples grammaticaux Figaro trouve l'occasion d'exercer sa verve satirique.

FIGARO. — Est-ce votre cause, avocat, que vous plaidez?

BARTHOLO. — Je défends cette demoiselle.

FIGARO. — Continuez à déraisonner, mais cessez d'injurier. Lorsque, craignant l'emportement des plaideurs, les tribunaux ont toléré qu'on appelât des tiers, ils n'ont pas entendu que ces défenseurs modérés deviendraient impunément des insolents privilégiés. C'est dégrader le plus noble institut[1].

Les juges continuent d'opiner bas.

ANTONIO, *à Marceline, montrant tous les juges*. — Qu'ont-ils tant à balbucifier[2]?

MARCELINE. — On a corrompu le grand juge; il corrompt l'autre, et je perds mon procès.

BARTHOLO, *bas, d'un ton sombre*. — J'en ai peur.

FIGARO, *gaiement*. — Courage, Marceline!

DOUBLE-MAIN *se lève; à Marceline*. — Ah! c'est trop fort! je vous dénonce; et, pour l'honneur du tribunal, je demande qu'avant faire droit sur l'autre affaire il soit prononcé sur celle-ci.

LE COMTE *s'assied*. — Non, greffier, je ne prononcerai point sur mon injure personnelle[3]; un juge espagnol n'aura point à rougir d'un excès digne au plus des tribunaux asiatiques : c'est assez des autres abus. J'en vais corriger un second, en vous motivant mon arrêt : tout juge qui s'y refuse est un grand ennemi des lois. Que peut requérir la demanderesse? mariage à défaut de payement; les deux ensemble impliqueraient[4].

DOUBLE-MAIN. — Silence, messieurs!

L'HUISSIER, *glapissant*. — Silence!

LE COMTE. — Que nous répond le défendeur? qu'il veut garder sa personne; à lui permis.

FIGARO, *avec joie*. — J'ai gagné!

LE COMTE. — Mais comme le texte dit : *laquelle somme je payerai à sa première réquisition, ou bien j'épouserai, etc.*; la cour condamne le défendeur à payer deux mille piastres[5] fortes à la demanderesse, ou bien à l'épouser dans le jour.

Il se lève.

FIGARO, *stupéfait*. — J'ai perdu.

ANTONIO, *avec joie*. — Superbe arrêt!

---

1. *Institut* : au sens d'institution. — 2. *Balbucifier* : Antonio, dans son jargon, altère la forme et le sens du mot balbutier. — 3. *Injure personnelle* : tour latin : l'injure qui m'est faite personnellement. — 4. *Impliqueraient* : terme scolastique et juridique : seraient incompatibles. — 5. *Piastres* : la piastre est une monnaie d'argent en usage dans différents pays, et particulièrement en Espagne. La piastre *cordonnée* (voir plus haut) est celle dont l'effigie est entourée d'un cordon gravé dans le métal.

FIGARO. — En quoi superbe?

ANTONIO. — En ce que tu n'es plus mon neveu. Grand merci, monseigneur.

L'HUISSIER, *glapissant*. — Passez, messieurs.

Le peuple sort.

ANTONIO. — Je m'en vais tout conter à ma nièce.

Il sort.

SCÈNE XVI

LE COMTE, allant de côté et d'autre, MARCELINE, BARTHOLO, FIGARO, BRID'OISON

MARCELINE *s'assied*. — Ah! je respire.

FIGARO. — Et moi, j'étouffe.

LE COMTE, *à part*. — Au moins je suis vengé, cela soulage.

FIGARO, *à part*. — Et ce Basile qui devait s'opposer au mariage de Marceline, voyez comme il revient! — (*Au Comte qui sort.*) Monseigneur, vous nous quittez?

LE COMTE. — Tout est jugé.

FIGARO, *à Brid'oison*. — C'est ce gros enflé de conseiller...

BRID'OISON. — Moi, gro-os enflé!

FIGARO. — Sans doute. Et je ne l'épouserai pas : je suis gentilhomme une fois.

Le comte s'arrête.

BARTHOLO. — Vous l'épouserez.

FIGARO. — Sans l'aveu de mes nobles parents?

BARTHOLO. — Nommez-les, montrez-les.

FIGARO. — Qu'on me donne un peu de temps : je suis bien près de les revoir; il y a quinze ans que je les cherche.

BARTHOLO. — Le fat! c'est quelque enfant trouvé!

FIGARO. — Enfant perdu, docteur; ou plutôt enfant volé.

LE COMTE *revient*. — *Volé, perdu*, la preuve? il crierait qu'on lui fait injure.

FIGARO. — Monseigneur, quand les langes à dentelles, tapis brodés et joyaux d'or trouvés sur moi par les brigands n'indiqueraient pas ma haute naissance, la précaution qu'on avait prise de me faire des marques distinctives témoignerait assez combien j'étais un fils précieux : et cet hiéroglyphe à mon bras...

Il veut se dépouiller le bras droit.

MARCELINE, *se levant vivement*. — Une spatule[1] à ton bras droit?

FIGARO. — D'où savez-vous que je dois l'avoir?

MARCELINE. — Dieux! c'est lui!

FIGARO. — Oui, c'est moi.

BARTHOLO, *à Marceline*. — Et qui? lui?

MARCELINE, *vivement*. — C'est Emmanuel.

BARTHOLO, *à Figaro*. — Tu fus enlevé par des bohémiens?

FIGARO, *exalté*. — Tout près d'un château. Bon docteur, si vous me rendez à ma noble famille, mettez un prix à ce service; des monceaux d'or n'arrêteront pas mes illustres parents.

BARTHOLO, *montrant Marceline*. — Voilà ta mère[2].

FIGARO. — ... Nourrice?

BARTHOLO. — Ta propre mère.

LE COMTE. — Sa mère!

FIGARO. — Expliquez-vous.

MARCELINE, *montrant Bartholo*. — Voilà ton père.

FIGARO, *désolé*. — O o oh! aïe de moi.

MARCELINE. — Est-ce que la nature ne te l'a pas dit mille fois?

FIGARO. — Jamais.

LE COMTE, *à part*. — Sa mère!

BRID'OISON. — C'est clair, i-il ne l'épousera pas.

BARTHOLO. — Ni moi non plus.

MARCELINE. — Ni vous! Et votre fils? Vous m'aviez juré...

BARTHOLO. — J'étais fou. Si pareils souvenirs engageaient, on serait tenu d'épouser tout le monde.

BRID'OISON. — E-et si l'on y regardait de si près, personne n'épouserait personne.

BARTHOLO. — Des fautes si connues! une jeunesse déplorable!

MARCELINE, *s'échauffant par degrés*. — Oui, déplorable, et plus qu'on ne croit! Je n'entends pas nier mes fautes, ce jour les a trop bien prouvées! mais qu'il est dur de les expier après trente ans d'une vie modeste! J'étais née, moi, pour être sage, et je le suis devenue sitôt qu'on m'a permis d'user de ma raison. Mais dans l'âge des illusions, de l'inexpérience et des besoins, où les séducteurs nous assiègent, pendant que la misère nous poignarde, que peut opposer une enfant à tant d'ennemis rassemblés? Tel nous juge ici sévèrement qui, peut-être, en sa vie, a perdu dix infortunées[3]!

---

1. *Spatule* : ce signe que Figaro appelle de façon plaisante hiéroglyphe, devait avoir la forme d'une spatule, instrument rond par un bout et plat par l'autre. — 2. Ainsi éclate cette sensationnelle reconnaissance qui fait songer aux dénouements de Molière, mais qui est bien aussi dans le goût du « drame bourgeois » du XVIIIe siècle. — 3. Ce ton de Marceline paraît quelque peu mélodramatique et larmoyant; l'influence du « genre sérieux », auquel Beaumarchais a sacrifié dans *Eugénie*, est encore sensible ici.

FIGARO. — Les plus coupables sont les moins généreux; c'est la règle.

MARCELINE, *vivement*. — Hommes plus qu'ingrats, qui flétrissez par le mépris les jouets de vos passions, vos victimes! c'est vous qu'il faut punir des erreurs de notre jeunesse; vous et vos magistrats, si vains du droit de nous juger, et qui nous laissent enlever, par leur coupable négligence, tout honnête moyen de subsister. Est-il un seul état pour les malheureuses filles? Elles avaient un droit naturel à toute la parure des femmes : on y laisse former mille ouvriers de l'autre sexe.

FIGARO, *en colère*. — Ils font broder jusqu'aux soldats!

MARCELINE, *exaltée*. — Dans les rangs même plus élevés, les femmes n'obtiennent de vous qu'une considération dérisoire; leurrées de respects apparents, dans une servitude réelle; traitées en mineures pour nos biens, punies en majeures pour nos fautes! Ah! sous tous les aspects, votre conduite avec nous fait horreur, ou pitié!

FIGARO. — Elle a raison!

LE COMTE, *à part*. — Que trop raison!

BRID'OISON. — Elle a mon-on Dieu, raison.

MARCELINE. — Mais que nous font, mon fils, les refus d'un homme injuste? Ne regarde pas d'où tu viens, vois où tu vas, cela seul importe à chacun. Dans quelques mois ta fiancée ne dépendra plus que d'elle-même; elle t'acceptera, j'en réponds. Vis entre une épouse, une mère tendre qui te chériront à qui mieux mieux. Sois indulgent pour elles, heureux pour toi, mon fils; gai, libre et bon pour tout le monde; il ne manquera rien à ta mère.

FIGARO. — Tu parles d'or, maman[1], et je me tiens à ton avis. Qu'on est sot, en effet! Il y a des mille et mille ans que le monde roule, et, dans cet océan de durée où j'ai par hasard attrapé quelques chétifs trente ans qui ne reviendront plus, j'irais me tourmenter pour savoir à qui je les dois! Tant pis pour qui s'en inquiète. Passer ainsi la vie à chamailler[2], c'est peser sur le collier sans relâche, comme les malheureux chevaux de la remonte des fleuves, qui ne reposent pas même quand ils s'arrêtent et qui tirent toujours, quoiqu'ils cessent de marcher. Nous attendrons.

LE COMTE. — Sot événement qui me dérange!

BRID'OISON, *à Figaro*. — Et la noblesse, et le château? Vous impo-osez à la justice?

FIGARO. — Elle allait me faire faire une belle sottise, la justice!

---

1. *Maman* : Figaro s'adapte vite aux situations les plus imprévues. Ce mot affectueux amuse et surprend soudain.

2. *Chamailler* : valeur intransitive : chercher querelle. On dit aujourd'hui se chamailler.

après que j'ai manqué, pour ces maudits cent écus, d'assommer vingt fois monsieur, qui se trouve aujourd'hui mon père! Mais puisque le ciel a sauvé ma vertu de ces dangers, mon père, agréez mes excuses... Et vous, ma mère, embrassez-moi... le plus maternellement que vous pourrez.

Marceline lui saute au cou.

SCÈNE XVII

BARTHOLO, FIGARO, MARCELINE, BRID'OISON, SUZANNE, ANTONIO, LE COMTE

SUZANNE, *accourant, une bourse à la main*. — Monseigneur, arrêtez! qu'on ne les marie pas : je viens payer madame avec la dot que ma maîtresse me donne.

LE COMTE, *à part*. — Au diable la maîtresse! Il semble que tout conspire...

Il sort.

SCÈNE XVIII

BARTHOLO, ANTONIO, SUZANNE, FIGARO, MARCELINE, BRID'OISON

ANTONIO, *voyant Figaro embrasser sa mère, dit à Suzanne*. — Ah! oui, payer! Tiens, tiens.

SUZANNE *se retourne*. — J'en vois assez : sortons, mon oncle.

FIGARO, *l'arrêtant*. — Non, s'il vous plaît. Que vois-tu donc?

SUZANNE. — Ma bêtise et ta lâcheté.

FIGARO. — Pas plus de l'une que de l'autre.

SUZANNE, *en colère*. — Et que tu l'épouses à gré, puisque tu la caresses.

FIGARO, *gaiement*. — Je la caresse, mais je ne l'épouse pas.

Suzanne veut sortir, Figaro la retient.

SUZANNE *lui donne un soufflet*. — Vous êtes bien insolent d'oser me retenir!

FIGARO, *à la compagnie*. — C'est-il ça de l'amour? Avant de nous quitter, je t'en supplie, envisage bien cette chère femme-là.

SUZANNE. — Je la regarde.

FIGARO. — Et tu la trouves?

SUZANNE. — Affreuse.

FIGARO. — Et vive la jalousie! elle ne vous marchande pas.

MARCELINE, *les bras ouverts*. — Embrasse ta mère, ma jolie Suzannette. Le méchant qui te tourmente est mon fils.

SUZANNE *court à elle*. — Vous, sa mère!

Elles restent dans les bras l'une de l'autre.

ANTONIO. — C'est donc de tout à l'heure[1]?

FIGARO. — ... Que je le sais.

MARCELINE, *exaltée*. — Non, mon cœur entraîné vers lui ne se trompait que de motif; c'était le sang qui me parlait.

FIGARO. — Et moi le bon sens, ma mère, qui me servait d'instinct quand je vous refusais; car j'étais loin de vous haïr, témoin l'argent...

MARCELINE *lui remet un papier*. — Il est à toi : reprends ton billet, c'est ta dot.

SUZANNE *lui jette la bourse*. — Prends encore celle-ci.

FIGARO. — Grand merci!

MARCELINE, *exaltée*. — Fille assez malheureuse, j'allais devenir la plus misérable des femmes, et je suis la plus fortunée des mères! Embrassez-moi, mes deux enfants; j'unis en vous toutes mes tendresses. Heureuse autant que je puis l'être, ah! mes enfants, combien je vais aimer!

FIGARO, *attendri, avec vivacité*. — Arrête donc, chère mère! arrête donc! voudrais-tu voir se fondre en eau mes yeux noyés des premières larmes que je connaisse? Elles sont de joie, au moins! Mais quelle stupidité! j'ai manqué d'en être honteux : je les sentais couler entre mes doigts : regarde (*il montre ses doigts écartés*) et je les retenais bêtement! Va te promener, la honte! je veux rire et pleurer[2] en même temps; on ne sent pas deux fois ce que j'éprouve.

Il embrasse sa mère d'un côté, Suzanne de l'autre.

MARCELINE. — O mon ami!

SUZANNE. — Mon cher ami!

BRID'OISON, *s'essuyant les yeux d'un mouchoir*. — Eh bien! moi! je suis donc bê-ête aussi!

FIGARO, *exalté*. — Chagrin, c'est maintenant que je puis te défier? Atteins-moi, si tu l'oses, entre ces deux femmes chéries.

ANTONIO, *à Figaro*. — Pas tant de cajoleries, s'il vous plaît. En fait de mariage dans les familles, celui des parents va devant, savez. Les vôtres se baillent-ils la main?

---

1. Remarquer le gros comique de la repartie d'Antonio. — 2. *Rire et pleurer* : ce mélange de rire et de larmes est assez caractéristique de la philosophie si humaine de Figaro : « Je me hâte de rire de tout de peur d'être obligé d'en pleurer. » On songe au *Je ris en pleurs* de Villon.

BARTHOLO. — Ma main! puisse-t-elle se dessécher et tomber, si jamais je la donne à la mère d'un tel drôle!

ANTONIO, *à Bartholo.* — Vous n'êtes donc qu'un père marâtre? (*A Figaro.*) En ce cas, not' galant, plus de parole.

SUZANNE. — Ah! mon oncle!...

ANTONIO. — Irai-je donner l'enfant de not' sœur à sti qui n'est l'enfant de personne?

BRID'OISON. — Est-ce que cela-a se peut, imbécile? on-on est toujours l'enfant de quelqu'un.

ANTONIO. — Tarare[1]!... il ne l'aura jamais.

Il sort.

SCÈNE XIX

BARTHOLO, SUZANNE, FIGARO, MARCELINE, BRID'OISON

BARTHOLO, *à Figaro.* — Et cherche à présent qui t'adopte.

Il veut sortir.

MARCELINE, *courant prendre Bartholo à bras-le-corps, le ramène.* — Arrêtez, docteur, ne sortez pas.

FIGARO, *à part.* — Non, tous les sots d'Andalousie sont, je crois, déchaînés contre mon pauvre mariage!

SUZANNE, *à Bartholo.* — Bon petit papa, c'est votre fils.

MARCELINE, *à Bartholo.* — De l'esprit, des talents, de la figure.

FIGARO, *à Bartholo.* — Et qui ne vous a pas coûté une obole.

BARTHOLO. — Et les cent écus qu'il m'a pris?

MARCELINE, *le caressant.* — Nous aurons tant de soin de vous, papa!

SUZANNE, *le caressant.* — Nous vous aimerons tant, petit papa!

BARTHOLO, *attendri.* — Papa! bon papa! petit papa[2]! voilà que je suis plus bête encore que monsieur, moi. (*Montrant Brid'oison.*) Je me laisse aller comme un enfant. (*Marceline et Suzanne l'embrassent.*) Oh! non, je n'ai pas dit oui. (*Il se retourne.*) Qu'est donc devenu monseigneur!

FIGARO. — Courons le joindre; arrachons-lui son dernier mot. S'il machinait quelque autre intrigue, il faudrait tout recommencer.

TOUS ENSEMBLE. — Courons, courons.

Ils entraînent Bartholo dehors.

1. *Tarare* : exclamation familière signifiant qu'on se moque de ce qu'on entend dire. — 2. *Petit papa* : l'attendrissement de Bartholo devient comique tant cette affectueuse appellation paraît insolite à son endroit.

SCÈNE XX

BRID'OISON, seul.

Plus bê-ête encore que monsieur! On peut se dire à soi-même ces-es sortes de choses-là, mais... I-ils ne sont pas polis du tout dan-ans cet endroit-ci.

Il sort.

ACTE IV

Le théâtre représente une galerie ornée de candélabres, de lustres allumés, de fleurs, de guirlandes, en un mot préparée pour donner une fête. Sur le devant, à droite, est une table avec une écritoire; un fauteuil derrière.

SCÈNE I

FIGARO, SUZANNE

FIGARO, *la tenant à bras-le-corps.* — Hé bien! amour, es-tu contente? Elle a converti son docteur, cette fine langue dorée de ma mère! Malgré sa répugnance, il l'épouse, et ton bourru d'oncle est bridé; il n'y a que monseigneur qui rage, car enfin notre hymen va devenir le prix du leur. Ris donc un peu de ce bon résultat.

SUZANNE. — As-tu rien vu de plus étrange?

FIGARO. — Ou plutôt d'aussi gai. Nous ne voulions qu'une dot arrachée à l'Excellence; en voilà deux dans nos mains, qui ne sortent pas des siennes. Une rivale acharnée te poursuivait; j'étais tourmenté par une furie! tout cela s'est changé pour nous dans *la plus bonne* des mères. Hier j'étais comme seul au monde, et voilà que j'ai tous mes parents; pas si magnifiques, il est vrai, que je me les étais galonnés[1], mais assez bien pour nous, qui n'avons pas la vanité des riches.

SUZANNE. — Aucune des choses que tu avais disposées, que nous attendions, mon ami, n'est pourtant arrivée!

FIGARO. — Le hasard[2] a mieux fait que nous tous, ma petite.

---

1. *Galonnés* : c'est-à-dire imaginés avec complaisance, comme lorsqu'on se confère des galons. — 2. Il faut remarquer l'importance que Figaro (et à travers lui Beaumarchais) accorde au hasard, à la fortune dans les destinées humaines. De fait, son propre destin est un enchaînement de hasards (voir son monologue de l'acte V).

Ainsi va le monde; on travaille, on projette, on arrange d'un côté; la fortune accomplit de l'autre : et, depuis l'affamé conquérant qui voudrait avaler la terre, jusqu'au paisible aveugle qui se laisse mener par son chien, tous sont le jouet de ses caprices; encore l'aveugle au chien est-il souvent mieux conduit, moins trompé dans ses vues que l'autre aveugle avec son entourage. — Pour cet aimable aveugle qu'on nomme Amour...

Il la reprend tendrement à bras-le-corps.

SUZANNE. — Ah! c'est le seul qui m'intéresse!

FIGARO. — Permets donc que, prenant l'emploi de la folie, je sois le bon chien qui le mène à ta jolie mignonne porte, et nous voilà logés pour la vie[1].

SUZANNE, *riant*. — L'Amour et toi?

FIGARO. — Moi et l'Amour.

SUZANNE. — Et vous ne chercherez pas d'autre gîte?

FIGARO. — Si tu m'y prends, je veux bien que mille millions de galants...

SUZANNE. — Tu vas exagérer : dis ta bonne vérité.

FIGARO. — Ma vérité la plus vraie!

SUZANNE. — Fi donc, vilain! en a-t-on plusieurs?

FIGARO. — Oh! que oui. Depuis qu'on a remarqué qu'avec le temps vieilles folies deviennent sagesse, et qu'anciens petits mensonges assez mal plantés ont produit de grosses, grosses vérités, on en a de mille espèces. Et celles qu'on sait, sans oser les divulguer; car toute vérité n'est pas bonne à dire : et celles qu'on vante, sans y ajouter foi; car toute vérité n'est pas bonne à croire : et les serments passionnés, les menaces des mères, les protestations des buveurs, les promesses des gens en place, le dernier mot de nos marchands; cela ne finit pas. Il n'y a que mon amour pour Suzon qui soit une vérité de bon aloi.

SUZANNE. — J'aime ta joie, parce qu'elle est folle; elle annonce que tu es heureux. Parlons du rendez-vous du Comte.

FIGARO. — Ou plutôt n'en parlons jamais; il a failli me coûter Suzanne.

SUZANNE. — Tu ne veux donc plus qu'il ait lieu?

FIGARO. — Si vous m'aimez, Suzon, votre parole d'honneur sur ce point : qu'il s'y morfonde; et c'est sa punition.

SUZANNE. — Il m'en a plus coûté de l'accorder que je n'ai de peine à le rompre : il n'en sera plus question.

FIGARO. — Ta bonne vérité?

---

1. Aimable préciosité du ton de Figaro. Il dira dans le célèbre monologue du Ve acte qu'il est « poète par délassement... amoureux par folles bouffées ». Ce qui apparaît souvent dans ses propos.

SUZANNE. — Je ne suis pas comme vous autres savants, moi, je n'en ai qu'une.

FIGARO. — Et tu m'aimeras un peu?

SUZANNE. — Beaucoup.

FIGARO. — Ce n'est guère.

SUZANNE. — Et comment?

FIGARO. — En fait d'amour, vois-tu, trop n'est pas même assez.

SUZANNE. — Je n'entends pas toutes ces finesses; mais je n'aimerai que mon mari.

FIGARO. — Tiens parole et tu feras une belle exception à l'usage.

Il veut l'embrasser.

SCÈNE II

FIGARO, SUZANNE, LA COMTESSE

LA COMTESSE. — Ah! j'avais raison de le dire : en quelque endroit qu'ils soient, croyez qu'ils sont ensemble. Allons donc, Figaro, c'est voler l'avenir, le mariage et vous-même que d'usurper un tête-à-tête. On vous attend, on s'impatiente.

FIGARO. — Il est vrai, madame, je m'oublie. Je vais leur montrer mon excuse.

Il veut emmener Suzanne.

LA COMTESSE *la retient.* — Elle vous suit.

SCÈNE III

SUZANNE, LA COMTESSE

LA COMTESSE. — As-tu ce qu'il nous faut pour troquer de vêtement?

SUZANNE. — Il ne faut rien, madame; le rendez-vous ne tiendra pas.

LA COMTESSE. — Ah! vous changez d'avis?

SUZANNE. — C'est Figaro.

LA COMTESSE. — Vous me trompez.

SUZANNE. — Bonté divine!

LA COMTESSE. — Figaro n'est pas homme à laisser échapper une dot.

SUZANNE. — Madame! eh! que croyez-vous donc?

LA COMTESSE. — Qu'enfin, d'accord avec le Comte, il vous
fâche à présent de m'avoir confié ses projets. Je vous sais par
cœur[1]. Laissez-moi.

Elle veut sortir.

SUZANNE *se jette à genoux.* — Au nom du ciel, espoir de tous!
vous ne savez pas, madame, le mal que vous faites à Suzanne!
Après vos bontés continuelles et la dot que vous me donnez!...

LA COMTESSE *la relève.* — Hé mais... je ne sais ce que je dis!
En me cédant ta place au jardin, tu n'y vas pas, mon cœur; tu
tiens parole à ton mari, tu m'aides à ramener le mien.

SUZANNE. — Comme vous m'avez affligée!

LA COMTESSE. — C'est que je ne suis qu'une étourdie. (*Elle
la baise au front.*) Où est ton rendez-vous?

SUZANNE *lui baise la main.* — Le mot de jardin m'a seul frappée.

LA COMTESSE, *montrant la table.* — Prends cette plume et fixons
un endroit.

SUZANNE. — Lui écrire!

LA COMTESSE. — Il le faut.

SUZANNE. — Madame! au moins, c'est vous...

LA COMTESSE. — Je mets tout sur mon compte.

Suzanne s'assied, la Comtesse dicte.

" *Chanson nouvelle, sur l'air...* Qu'il fera beau ce soir, sous les
grands marronniers... Qu'il fera beau ce soir... "

SUZANNE *écrit.* — " Sous les grands marronniers... " Après?

LA COMTESSE. — Crains-tu qu'il ne l'entende pas?

SUZANNE *relit.* — C'est juste. (*Elle plie le billet.*) Avec quoi
cacheter?

LA COMTESSE. — Une épingle[2]; dépêche! elle servira de
réponse. Écris sur le revers : *Renvoyez-moi le cachet.*

SUZANNE *écrit en riant.* — Ah! *le cachet!...* Celui-ci, madame,
est plus gai que celui du brevet.

LA COMTESSE, *avec un souvenir douloureux.* — Ah!

SUZANNE *cherche sur elle.* — Je n'ai pas d'épingle à présent!

LA COMTESSE *détache sa lévite.* — Prends celle-ci. (*Le ruban du
page tombe de son sein à terre.*) Ah! mon ruban!

SUZANNE *le ramasse.* — C'est celui du petit voleur! Vous avez
eu la cruauté...

LA COMTESSE. — Fallait-il le laisser à son bras? C'eût été joli!
Donnez donc!

---

1. *Je vous sais par cœur* : c'est-à-
dire : je vous connais à fond comme
l'on sait une leçon par cœur. — 2. Il
faudra se souvenir de ce cachet ori-
ginal. La scène IX fera comprendre
son importance.

SUZANNE. — Madame ne le portera plus, taché du sang de ce jeune homme.

LA COMTESSE *le reprend.* — Excellent pour Fanchette... Le premier bouquet qu'elle m'apportera...

SCÈNE IV

UNE JEUNE BERGÈRE, CHÉRUBIN en fille, FANCHETTE et beaucoup de jeunes filles habillées comme elle et tenant des bouquets, LA COMTESSE, SUZANNE

FANCHETTE. — Madame, ce sont les filles du bourg qui viennent vous présenter des fleurs.

LA COMTESSE, *serrant vite son ruban.* — Elles sont charmantes. Je me reproche, mes belles petites, de ne pas vous connaître toutes. (*Montrant Chérubin.*) Quelle est cette aimable enfant qui a l'air si modeste?

UNE BERGÈRE. — C'est une cousine à moi, madame, qui n'est ici que pour la noce.

LA COMTESSE. — Elle est jolie. Ne pouvant porter vingt bouquets, faisons honneur à l'étrangère. (*Elle prend le bouquet de Chérubin et le baise au front.*) Elle en rougit! (*A Suzanne.*) Ne trouves-tu pas, Suzon... qu'elle ressemble à quelqu'un?

SUZANNE. — A s'y méprendre, en vérité.

CHÉRUBIN, *à part, les mains sur son cœur.* — Ah! ce baiser-là m'a été bien loin!

SCÈNE V

LES JEUNES FILLES, CHÉRUBIN, au milieu d'elles, FANCHETTE, ANTONIO, LE COMTE, LA COMTESSE, SUZANNE

ANTONIO. — Moi, je vous dis, monseigneur, qu'il y est; elles l'ont habillé chez ma fille; toutes ses hardes y sont encore et voilà son chapeau d'ordonnance que j'ai retiré du paquet. (*Il s'avance et, regardant toutes les filles, il reconnaît Chérubin, lui enlève son bonnet de femme, ce qui fait retomber ses longs cheveux en cadenette[1]. Il lui met sur la tête le chapeau d'ordonnance et dit :* Eh! parguenne[2], v'là notre officier.

1. *En cadenette* : la cadenette est une longue tresse de cheveux que portaient de chaque côté de la figure les hommes de certains corps de troupe au XVIIIe siècle. — 2. *Parguenne* : juron paysan (dérivé de pardieu) d'un usage fréquent dans les comédies.

LA COMTESSE *recule.* — Ah ciel!

SUZANNE. — Ce friponneau!

ANTONIO. — Quand je disais là-haut que c'était lui!

LE COMTE, *en colère.* — Hé bien, madame?

LA COMTESSE. — Hé bien, monsieur! vous me voyez plus
surprise que vous et, pour le moins, aussi fâchée.

LE COMTE. — Oui; mais tantôt, ce matin?

LA COMTESSE. — Je serais coupable, en effet, si je dissimulais
encore. Il était descendu chez moi. Nous entamions le badinage
que ces enfants viennent d'achever; vous nous avez surprises
l'habillant : votre premier mouvement est si vif! Il s'est sauvé, je
me suis troublée, l'effroi général a fait le reste.

LE COMTE, *avec dépit, à Chérubin.* — Pourquoi n'êtes-vous pas
parti?

CHÉRUBIN, *ôtant son chapeau brusquement.* — Monseigneur...

LE COMTE. — Je punirai ta désobéissance.

FANCHETTE, *étourdiment.* — Ah! monseigneur, entendez-moi!
Toutes les fois que vous venez m'embrasser, vous savez bien
que vous dites toujours : *Si tu veux m'aimer, petite Fanchette, je te
donnerai ce que tu voudras*[1].

LE COMTE, *rougissant.* — Moi! j'ai dit cela?

FANCHETTE. — Oui, monseigneur. Au lieu de punir Chérubin,
donnez-le-moi en mariage, et je vous aimerai à la folie.

LE COMTE, *à part.* — Être ensorcelé par un page!

LA COMTESSE. — Hé bien, monsieur, à votre tour! L'aveu
de cette enfant, aussi naïf que le mien, atteste enfin deux vérités :
que c'est toujours sans le vouloir si je vous cause des inquiétudes,
pendant que vous épuisez tout pour augmenter et justifier les
miennes.

ANTONIO. — Vous aussi, monseigneur? Dame! je vous la
redresserai comme feu sa mère, qui est morte... Ce n'est pas pour
la conséquence; mais c'est que madame sait bien que les petites
filles, quand elles sont grandes...

LE COMTE, *déconcerté, à part.* — Il y a un mauvais génie qui
tourne tout ici contre moi.

---

1. Ici Fanchette confond le Comte qui,
d'ailleurs, est fort gêné et rougit.
Mais elle ne le fait peut-être pas en
toute innocence et aussi naïvement
qu'il semble. Noter au passage le
caractère incorrigiblement enjôleur
du Comte : « Dame, demoiselle,
bourgeoise, paysanne, il ne trouve
rien de trop chaud ni de trop froid
pour lui », dirait Molière (*Dom Juan*
acte I, sc. I).

SCÈNE VI

LES JEUNES FILLES, CHÉRUBIN, ANTONIO, FIGARO,
LE COMTE, LA COMTESSE, SUZANNE

FIGARO. — Monseigneur, si vous retenez nos filles, on ne pourra commencer ni la fête, ni la danse.

LE COMTE. — Vous, danser! vous n'y pensez pas. Après votre chute de ce matin, qui vous a foulé le pied droit!

FIGARO, *remuant la jambe.* — Je souffre encore un peu; ce n'est rien. (*Aux jeunes filles.*) Allons, mes belles, allons.

LE COMTE *le retourne.* — Vous avez été fort heureux que ces couches ne fussent que du terreau bien doux!

FIGARO. — Très heureux, sans doute; autrement...

ANTONIO *le retourne.* — Puis il s'est pelotonné en tombant jusqu'en bas.

FIGARO. — Un plus adroit, n'est-ce pas, serait resté en l'air? (*Aux jeunes filles.*) Venez-vous, mesdemoiselles?

ANTONIO *le retourne.* — Et, pendant ce temps, le petit page galopait sur son cheval à Séville?

FIGARO. — Galopait, ou marchait au pas...

LE COMTE *le retourne.* — Et vous aviez son brevet dans la poche?

FIGARO, *un peu étonné.* — Assurément; mais quelle enquête? (*Aux jeunes filles.*) Allons donc, jeunes filles!

ANTONIO, *attirant Chérubin par le bras.* — En voici une qui prétend que mon neveu futur n'est qu'un menteur.

FIGARO, *surpris.* — Chérubin!... (*A part.*) Peste du petit fat!

ANTONIO. — Y es-tu maintenant?

FIGARO, *cherchant.* — J'y suis... j'y suis... Hé! qu'est-ce qu'il chante?

LE COMTE, *sèchement.* — Il ne chante pas, il dit que c'est lui qui a sauté sur les giroflées.

FIGARO, *rêvant.* — Ah! s'il le dit... cela se peut. Je ne dispute pas de ce que j'ignore.

LE COMTE. — Ainsi vous et lui...

FIGARO. — Pourquoi non? la rage de sauter peut gagner : voyez les moutons de Panurge[1]! Et, quand vous êtes en colère, il n'y a personne qui n'aime mieux risquer...

LE COMTE. — Comment! deux à la fois?...

FIGARO. — On aurait sauté deux douzaines. Et qu'est-ce que

---

1. *De Panurge* : allusion au proverbial épisode des moutons de Dindenault dans le *Pantagruel* de Rabelais.

cela fait, monseigneur, dès qu'il n'y a personne de blessé? (*Aux jeunes filles.*) Ah! çà, voulez-vous venir, ou non?

LE COMTE, *outré*. — Jouons-nous une comédie?

On entend un prélude de fanfare.

FIGARO. — Voilà le signal de la marche. A vos postes, les belles! à vos postes! Allons, Suzanne, donne-moi le bras.

Tous s'enfuient; Chérubin reste seul, la tête baissée.

SCÈNE VII

CHÉRUBIN, LE COMTE, LA COMTESSE

LE COMTE, *regardant aller Figaro*. — En voit-on de plus audacieux? (*Au page.*) Pour vous, monsieur le sournois, qui faites le honteux, allez vous rhabiller bien vite, et que je ne vous rencontre nulle part de la soirée.

LA COMTESSE. — Il va bien s'ennuyer!

CHÉRUBIN, *étourdiment*. — M'ennuyer! j'emporte à mon front du bonheur pour plus de cent années de prison.

Il met son chapeau et s'enfuit.

SCÈNE VIII

LE COMTE, LA COMTESSE

La comtesse s'évente fortement sans parler.

LE COMTE. — Qu'a-t-il au front de si heureux?

LA COMTESSE, *avec embarras*. — Son... premier chapeau d'officier, sans doute; aux enfants, tout sert de hochet.

Elle veut sortir.

LE COMTE. — Vous ne nous restez pas, Comtesse?

LA COMTESSE. — Vous savez que je ne me porte pas bien.

LE COMTE. — Un instant pour votre protégée, ou je vous croirais en colère.

LA COMTESSE. — Voici les deux noces, asseyons-nous donc pour les recevoir.

LE COMTE, *à part*. — La noce! il faut souffrir ce qu'on ne peut empêcher.

Le Comte et la Comtesse s'asseyent vers un des côtés de la galerie.

SCÈNE IX

LE COMTE, LA COMTESSE, assis.

L'on joue *Les Folies d'Espagne* d'un mouvement de marche.
(Symphonie notée[1].)

MARCHE

LES GARDES-CHASSE, *fusil sur l'épaule.*

L'ALGUAZIL[2], LES PRUD'HOMMES, BRID'OISON.

LES PAYSANS ET LES PAYSANNES, *en habits de fête.*

DEUX JEUNES FILLES *portant la toque virginale à plumes blanches.*

DEUX AUTRES, *le voile blanc.*

DEUX AUTRES, *les gants et le bouquet de côté.*

ANTONIO *donne la main à* SUZANNE, *comme étant celui qui la marie à* FIGARO.

D'AUTRES JEUNES FILLES *portent une autre toque, un autre voile, un autre bouquet blanc, semblables aux premiers, pour* MARCELINE.

FIGARO *donne la main à* MARCELINE, *comme celui qui doit la remettre au* DOCTEUR, *lequel ferme la marche, un gros bouquet au côté. Les jeunes filles, en passant devant le Comte, remettent à ses valets tous les ajustements destinés à* SUZANNE *et à* MARCELINE.

LES PAYSANS ET LES PAYSANNES *s'étant rangés sur deux colonnes à chaque côté du salon, on danse une reprise du fandango[3] avec des castagnettes ; puis on joue la ritournelle du duo, pendant laquelle* ANTONIO *conduit* SUZANNE *au* COMTE ; *elle se met à genoux devant lui.*

Pendant que le Comte lui pose la toque, le voile et lui donne le bouquet, deux jeunes filles chantent le duo suivant (air noté) :

> Jeune épouse, chantez les bienfaits et la gloire
> D'un maître qui renonce aux droits qu'il eut sur vous :
> Préférant au plaisir la plus noble victoire,
> Il vous rend chaste et pure aux mains de votre époux.

SUZANNE *est à genoux et, pendant le dernier vers du duo, elle tire le Comte par son manteau et lui montre le billet qu'elle tient ; puis elle porte la main qu'elle a du côté des spectateurs à sa tête, où le Comte a l'air d'ajuster sa toque ; elle lui donne le billet.*

LE COMTE *le met furtivement dans son sein ; on achève de chanter le duo ; la fiancée se relève et lui fait une grande révérence.*

---

1. Encore du « grand spectacle ». Cette importante scène IX, où tous les acteurs et figurants sont rassemblés, est pratiquement muette. Mais les évolutions des personnages sont exactement prévues par l'auteur ainsi que les tours de danse, de chant, et la musique. Beaumarchais qui se piquait, à juste titre, de compétence musicale, aimait à se souvenir de l'opéra. — 2. *Alguazil* : c'est, en Espagne, l'officier de police. — 3. *Fandango* : danse espagnole (comme la *séguedille*, acte II, scène XXIII) qui s'exécute sur un rythme lent, à six-huit, avec accompagnement de castagnettes.

FIGARO *vient la recevoir des mains du Comte et se retire avec elle de l'autre côté du salon, près de Marceline.*
(On danse une autre reprise du fandango pendant ce temps.)

LE COMTE, *pressé de lire ce qu'il a reçu, s'avance au bord du théâtre, et tire le papier de son sein; mais, en le sortant, il fait le geste d'un homme qui s'est cruellement piqué le doigt : il le secoue, le presse, le suce et, regardant le papier cacheté d'une épingle, il dit :*

LE COMTE. (*Pendant qu'il parle, ainsi que Figaro, l'orchestre joue pianissimo.*) — Diantre soit des femmes, qui fourrent des épingles partout!

Il la jette à terre, puis il lit le billet et le baise.

FIGARO, *qui a tout vu, dit à sa mère et à Suzanne.* — C'est un billet doux qu'une fillette aura glissé dans sa main en passant. Il était cacheté d'une épingle, qui l'a outrageusement piqué[1].

La danse reprend. Le Comte, qui a lu le billet, le retourne; il y voit l'invitation de renvoyer le cachet pour réponse. Il cherche à terre et retrouve enfin l'épingle, qu'il attache à sa manche.

FIGARO, *à Suzanne et à Marceline.* — D'un objet aimé tout est cher. Le voilà qui ramasse l'épingle. Ah! c'est une drôle de tête!

Pendant ce temps, Suzanne a des signes d'intelligence avec la Comtesse. La danse finit; la ritournelle du duo recommence. Figaro conduit Marceline au Comte, ainsi qu'on a conduit Suzanne; à l'instant où le Comte prend la toque et où l'on va chanter le duo, on est interrompu par les cris suivants :

L'HUISSIER, *criant à la porte.* — Arrêtez donc, messieurs, vous ne pouvez entrer tous... Ici les gardes, les gardes!

Les gardes vont vite à cette porte.

LE COMTE, *se levant.* — Qu'est-ce qu'il y a?

L'HUISSIER. — Monseigneur, c'est monsieur Basile entouré d'un village entier, parce qu'il chante en marchant.

LE COMTE. — Qu'il entre seul.

LA COMTESSE. — Ordonnez-moi de me retirer.

LE COMTE. — Je n'oublie pas votre complaisance.

LA COMTESSE. — Suzanne!... elle reviendra. (*A part, à Suzanne.*) Allons changer d'habits.

Elle sort avec Suzanne.

MARCELINE. — Il n'arrive jamais que pour nuire.

FIGARO. — Ah! je m'en vais vous le faire déchanter[2].

---

1. Ici Figaro, d'ordinaire si clairvoyant, joue les dupeurs dupés. —

2. *Déchanter* : calembour plaisant : Basile est maître à *chanter*.

SCÈNE X

Tous les acteurs précédents, excepté LA COMTESSE et SUZANNE, BASILE, tenant sa guitare, GRIPE-SOLEIL

BASILE *entre en chantant sur l'air du vaudeville[1] de la fin.*

> Cœurs sensibles, cœurs fidèles,
> Qui blâmez l'amour léger,
> Cessez vos plaintes cruelles :
> Est-ce un crime de changer?
> Si l'Amour porte des ailes,
> N'est-ce pas pour voltiger?
> N'est-ce pas pour voltiger?
> N'est-ce pas pour voltiger?

FIGARO *s'avance à lui.* — Oui, c'est pour cela justement qu'il a des ailes au dos. Notre ami, qu'entendez-vous par cette musique?

BASILE, *montrant Gripe-Soleil.* — Qu'après avoir prouvé mon obéissance à monseigneur, en amusant monsieur, qui est de sa compagnie, je pourrai à mon tour réclamer sa justice.

GRIPE-SOLEIL. — Bah! monseigneu! Il ne m'a pas amusé du tout avec leux guenilles d'ariettes[2]...

LE COMTE. — Enfin que demandez-vous, Basile?

BASILE. — Ce qui m'appartient, monseigneur, la main de Marceline; et je viens m'opposer...

FIGARO *s'approche.* — Y a-t-il longtemps que monsieur n'a vu la figure d'un fou?

BASILE. — Monsieur, en ce moment même.

FIGARO. — Puisque mes yeux vous servent si bien de miroir, étudiez-y l'effet de ma prédiction. Si vous faites mine seulement d'approximer[3] madame...

BARTHOLO, *en riant.* — Eh! pourquoi? Laisse-le parler.

BRID'OISON *s'avance entre deux.* — Fau-aut-il que deux amis...

FIGARO. — Nous, amis!

BASILE. — Quelle erreur!

FIGARO, *vite.* — Parce qu'il fait de plats airs de chapelle?

BASILE, *vite.* — Et lui, des vers comme un journal?

---

1. *Vaudeville* : à l'origine les *vaudevilles* (chansons qui couraient le val de Vire dit *vau de Vire* où les composait Olivier Basselin) étaient des couplets joyeux intercalés dans les pièces du théâtre de la foire. Tel est encore le sens du mot ici. Par suite : les pièces à vaudevilles. — 2. *Ariettes* : airs faciles et légers (de l'italien *arietta*). — 3. *Approximer* : néologisme à couleur latine forgé par la verve de Figaro au sens de : approcher.

FIGARO, *vite*. — Un musicien de guinguette!

BASILE, *vite*. — Un postillon de gazette!

FIGARO, *vite*. — Cuistre d'oratorio!

BASILE, *vite*. — Jockey diplomatique[1]!

LE COMTE, *assis*. — Insolents tous les deux!

BASILE. — Il me manque en toute occasion.

FIGARO. — C'est bien dit; si cela se pouvait!

BASILE. — Disant partout que je ne suis qu'un sot.

FIGARO. — Vous me prenez donc pour un écho?

BASILE. — Tandis qu'il n'est pas un chanteur que mon talent n'ait fait briller.

FIGARO. — Brailler.

BASILE. — Il le répète!

FIGARO. — Et pourquoi non, si cela est vrai? Es-tu un prince, pour qu'on te flagorne? Souffre la vérité, coquin, puisque tu n'as pas de quoi gratifier un menteur : ou, si tu la crains de notre part, pourquoi viens-tu troubler nos noces?

BASILE, *à Marceline*. — M'avez-vous promis, oui ou non, si dans quatre ans vous n'étiez pas pourvue, de me donner la préférence?

MARCELINE. — A quelle condition l'ai-je promis?

BASILE. — Que, si vous retrouviez un certain fils perdu, je l'adopterais par complaisance.

TOUS ENSEMBLE. — Il est trouvé.

BASILE. — Qu'à cela ne tienne!

TOUS ENSEMBLE, *montrant Figaro*. — Et le voici.

BASILE, *reculant de frayeur*. — J'ai vu le diable!

BRID'OISON, *à Basile*. — Et vous-ous renoncez à sa chère mère!

BASILE. — Qu'y aurait-il de plus fâcheux que d'être cru le père d'un garnement?

FIGARO. — D'en être cru le fils : tu te moques de moi!

BASILE, *montrant Figaro*. — Dès que monsieur est de quelque chose ici, je déclare, moi, que je n'y suis plus de rien.

                                                              Il sort.

SCÈNE XI

LES ACTEURS PRÉCÉDENTS, excepté BASILE

BARTHOLO, *riant*. — Ah! ah! ah! ah!

FIGARO, *sautant de joie*. — Donc, à la fin, j'aurai ma femme!

LE COMTE, *à part*. — Moi, ma maîtresse!

                                                              Il se lève.

---

1. *Jockey diplomatique* : l'expression était encore plus curieuse et insolite en 1784 qu'aujourd'hui, car le mot *jockey* n'était entré dans la langue qu'aux environs de 1775. Noter la vivacité piquante des répliques.

BRID'OISON, *à Marceline*. — Et tou-out le monde est satisfait.

LE COMTE. — Qu'on dresse les deux contrats; j'y signerai.

TOUS ENSEMBLE. — Vivat.

Ils sortent.

LE COMTE. — J'ai besoin d'une heure de retraite.

Il veut sortir avec les autres.

SCÈNE XII

GRIPE-SOLEIL, FIGARO, MARCELINE, LE COMTE

GRIPE-SOLEIL, *à Figaro*. — Et moi, je vais aider à ranger le feu d'artifice sous les grands marronniers, comme on l'a dit.

LE COMTE *revient en courant*. — Quel sot a donné un tel ordre?

FIGARO. — Où est le mal?

LE COMTE, *vivement*. — Et la Comtesse qui est incommodée, d'où le verra-t-elle, l'artifice? C'est sur la terrasse qu'il le faut, vis-à-vis son appartement.

FIGARO. — Tu l'entends, Gripe-Soleil? la terrasse.

LE COMTE. — Sous les grands marronniers! belle idée! (*En s'en allant, à part.*) Ils allaient incendier mon rendez-vous.

SCÈNE XIII

FIGARO, MARCELINE

FIGARO. — Quel excès d'attention pour sa femme!

Il veut sortir.

MARCELINE *l'arrête*. — Deux mots, mon fils. Je veux m'acquitter avec toi : un sentiment mal dirigé m'avait rendue injuste envers ta charmante femme : je la supposais d'accord avec le Comte, quoique j'eusse appris de Basile qu'elle l'avait toujours rebuté

FIGARO. — Vous connaissez mal votre fils, de le croire ébranlé par ces impulsions féminines. Je puis défier la plus rusée de m'en faire accroire.

MARCELINE. — Il est toujours heureux de le penser, mon fils : la jalousie...

FIGARO. — ... N'est qu'un sot enfant de l'orgueil, ou c'est la maladie d'un fou. Oh! j'ai là-dessus, ma mère, une philosophie... imperturbable; et si Suzanne doit me tromper un jour, je le lui pardonne d'avance; elle aura longtemps travaillé...

Il se retourne et aperçoit Fanchette qui cherche de côté et d'autre.

SCÈNE XIV

FIGARO, FANCHETTE, MARCELINE

FIGARO. — Eeeh... ma petite cousine qui nous écoute!

FANCHETTE. — Oh! pour ça, non : on dit que c'est malhonnête.

FIGARO. — Il est vrai; mais, comme cela est utile, on fait aller souvent l'un pour l'autre.

FANCHETTE. — Je regardais si quelqu'un était là.

FIGARO. — Déjà dissimulée, friponne! Vous savez bien qu'il n'y peut être.

FANCHETTE. — Et qui donc?

FIGARO. — Chérubin.

FANCHETTE. — Ce n'est pas lui que je cherche, car je sais fort bien où il est; c'est ma cousine Suzanne.

FIGARO. — Et que lui veut ma petite cousine?

FANCHETTE. — A vous, petit cousin, je le dirai. — C'est... ce n'est qu'une épingle que je veux lui remettre.

FIGARO, *vivement*. — Une épingle! une épingle!... et de quelle part, coquine? A votre âge vous faites déjà un mét... (*Il se reprend et dit d'un ton doux.*) Vous faites déjà très bien tout ce que vous entreprenez, Fanchette; et ma jolie cousine est si obligeante...

FANCHETTE. — A qui donc en a-t-il de se fâcher? Je m'en vais.

FIGARO, *l'arrêtant*. — Non, non, je badine; tiens, ta petite épingle est celle que monseigneur t'a dit de remettre à Suzanne, et qui servait à cacheter un petit papier qu'il tenait. Tu vois que je suis au fait.

FANCHETTE. — Pourquoi donc le demander, quand vous le savez si bien?

FIGARO, *cherchant*. — C'est qu'il est assez gai de savoir comment monseigneur s'y est pris pour t'en donner la commission.

FANCHETTE, *naïvement*. — Pas autrement que vous le dites : *Tiens, petite Fanchette, rends cette épingle à ta belle cousine et dis-lui seulement que c'est le cachet des grands marronniers.*

FIGARO. — Des grands[1]!...

FANCHETTE. — *Marronniers.* Il est vrai qu'il a ajouté : *Prends garde que personne ne te voie!*

FIGARO. — Il faut obéir, ma cousine : heureusement personne

---

1. Ici Figaro comprend tout ou plutôt pense tout comprendre, car il ne découvre que l' « extérieur » d'un complot dont il ignore le secret et se croit la victime. Il est lui-même dépassé par l'intrigue.

ne vous a vue. Faites donc joliment votre commission; et n'en
dites pas plus à Suzanne que monseigneur n'a ordonné.

FANCHETTE. — Et pourquoi lui en dirais-je? Il me prend pour
une enfant, mon cousin.

Elle sort en sautant.

SCÈNE XV

FIGARO, MARCELINE

FIGARO. — Hé bien! ma mère?

MARCELINE. — Hé bien! mon fils?

FIGARO, *comme étouffé*. — Pour celui-ci!... il y a réellement des
choses...

MARCELINE. — Il y a des choses! Hé! qu'est-ce qu'il y a?

FIGARO, *les mains sur sa poitrine*. — Ce que je viens d'entendre,
ma mère, je l'ai là comme un plomb[1].

MARCELINE, *riant*. — Ce cœur plein d'assurance n'était donc
qu'un ballon gonflé? Une épingle a tout fait partir!

FIGARO, *furieux*. — Mais cette épingle, ma mère, est celle qu'il a
ramassée!...

MARCELINE, *rappelant ce qu'il a dit*. — " La jalousie! oh! j'ai
là-dessus, ma mère, une philosophie... imperturbable; et, si
Suzanne m'attrape un jour, je le lui pardonne... "

FIGARO, *vivement*. — Oh! ma mère, on parle comme on sent;
mettez le plus glacé des juges à plaider dans sa propre cause, et
voyez-le expliquer la loi! — Je ne m'étonne plus s'il avait tant
d'humeur sur ce feu! — Pour la mignonne aux fines épingles,
elle n'en est pas où elle le croit, ma mère, avec ses marronniers!
Si mon mariage est assez fait pour légitimer ma colère, en revanche
il ne l'est pas assez pour que je n'en puisse épouser une autre et
l'abandonner...

MARCELINE. — Bien conclu! Abîmons tout sur un soupçon.
Qui t'a prouvé, dis-moi, que c'est toi qu'elle joue, et non le Comte?
L'as-tu étudiée de nouveau, pour la condamner sans appel? Sais-tu
si elle se rendra sous les arbres? à quelle intention elle y va? ce
qu'elle y dira, ce qu'elle y fera? Je te croyais plus fort en jugement.

FIGARO, *lui baisant la main avec transport*. — Elle a raison, ma
mère, elle a raison, raison, toujours raison! Mais accordons,

---

1. Figaro, qui se croit trompé, souffre
vraiment. L'émotion, douloureuse, le
« sentiment » ne sont pas étrangers
à ce personnage si bruyant et si
résolument gai. On le verra dans son
monologue.

maman, quelque chose à la nature; on en vaut mieux après.
Examinons en effet avant d'accuser et d'agir. Je sais où est le
rendez-vous. Adieu, ma mère.

Il sort.

SCÈNE XVI

MARCELINE, seule.

Adieu, et moi aussi, je le sais. Après l'avoir arrêté, veillons
sur les voies[1] de Suzanne; ou plutôt avertissons-la; elle est si
jolie créature! Ah! quand l'intérêt personnel ne nous arme pas
les unes contre les autres, nous sommes toutes portées à soutenir
notre pauvre sexe opprimé contre ce fier, ce terrible... (*en riant*)
et pourtant un peu nigaud de sexe masculin[2].

Elle sort.

ACTE V

Le théâtre représente une salle de marronniers[3], dans un parc; deux pavillons, kiosques, ou temples de jardins sont à droite et à gauche; le fond est
une clairière ornée, un siège de gazon sur le devant. Le théâtre est obscur.

SCÈNE I

FANCHETTE, seule, tenant d'une main deux biscuits et une orange, et de
l'autre une lanterne de papier, allumée.

Dans le pavillon à gauche, a-t-il dit. C'est celui-ci. S'il allait
ne pas venir à présent! mon petit rôle... Ces vilaines gens de
l'office qui ne voulaient pas seulement me donner une orange
et deux biscuits[4]! — Pour qui, mademoiselle? — Eh bien! mon-

---

1. *Voies* : au sens de : conduite. —
2. Cette malicieuse réserve finale de
Marceline est comme un clin d'œil au
public. Beaumarchais, qui possède
un sens aigu du théâtre, sait qu'il est
bon de terminer un acte en provo-
quant chez le spectateur un sourire
complice. — 3. Une « salle » est un en-

semble d'arbres disposés régulièrement
comme des colonnes. Ce sont les marronniers sous lesquels rendez-vous a
été donné au Comte. Ce décor fait
songer au parc de Trianon. — 4. C'est
évidemment à Chérubin qu'elle destine
orange et biscuits. Ce geste est plein
de grâce et de fraîcheur enfantines.

sieur, c'est pour quelqu'un. — Oh! nous savons. — Et quand
ça serait? Parce que monseigneur ne veut pas le voir, faut-il qu'il
meure de faim? — Tout ça pourtant m'a coûté un fier baiser sur
la joue!... Que sait-on? il me le rendra peut-être. (*Elle voit Figaro
qui vient l'examiner; elle fait un cri.*) Ah!...

Elle s'enfuit et elle rentre dans le pavillon à sa gauche.

SCÈNE II

FIGARO, un grand manteau sur ses épaules, un large chapeau rabattu,
BASILE, ANTONIO, BARTHOLO, BRID'OISON
GRIPE-SOLEIL, TROUPE DE VALETS ET DE TRAVAILLEURS.

FIGARO, *d'abord seul.* — C'est Fanchette! (*Il parcourt des yeux
les autres à mesure qu'ils arrivent et dit d'un ton farouche :*) Bonjour,
messieurs; bonsoir : êtes-vous tous ici?

BASILE. — Ceux que tu as pressés d'y venir.

FIGARO. — Quelle heure est-il bien à peu près?

ANTONIO *regarde en l'air.* — La lune devrait être levée.

BARTHOLO. — Eh! quels noirs apprêts fais-tu donc? Il a l'air
d'un conspirateur.

FIGARO, *s'agitant.* — N'est-ce pas pour une noce, je vous prie,
que vous êtes rassemblés au château?

BRID'OISON. — Cé-ertainement.

ANTONIO. — Nous allions là-bas, dans le parc, attendre un
signal pour ta fête.

FIGARO. — Vous n'irez pas plus loin, messieurs; c'est ici,
sous ces marronniers, que nous devons tous célébrer l'honnête
fiancée que j'épouse et le loyal seigneur qui se l'est destinée.

BASILE, *se rappelant la journée.* — Ah! vraiment, je sais ce que
c'est. Retirons-nous, si vous m'en croyez : il est question d'un
rendez-vous; je vous conterai cela près d'ici.

BRID'OISON, *à Figaro.* — Nou-ous reviendrons.

FIGARO. — Quand vous m'entendrez appeler, ne manquez
pas d'accourir tous et dites du mal de Figaro s'il ne vous fait voir
une belle chose.

BARTHOLO. — Souviens-toi qu'un homme sage ne se fait point
d'affaire avec les grands.

FIGARO. — Je m'en souviens.

BARTHOLO. — Qu'ils ont quinze et bisque[1] sur nous par leur
état.

---

1. *Quinze et bisque* : il y a une redon- | venue du jeu de paume : la bisque
dance dans cette locution familière | était un avantage de quinze points.

FIGARO. — Sans leur industrie, que vous oubliez. Mais souvenez-vous aussi que l'homme qu'on sait timide est dans la dépendance de tous les fripons.

BARTHOLO. — Fort bien.

FIGARO. — Et que j'ai nom *de Verte-Allure*, du chef honoré de ma mère.

BARTHOLO. — Il a le diable au corps.

BRID'OISON. — I-il l'a.

BASILE, *à part*. — Le Comte et sa Suzanne se sont arrangés sans moi? Je ne suis pas fâché de l'algarade.

FIGARO, *aux valets*. — Pour vous autres, coquins, à qui j'ai donné l'ordre, illuminez-moi ces entours; ou par la mort que je voudrais tenir aux dents, si j'en saisis un par le bras...

Il secoue le bras de Gripe-Soleil.

GRIPE-SOLEIL *s'en va en criant, pleurant*. — A, a, o, oh! Damné brutal!

BASILE, *en s'en allant*. — Le ciel vous tienne en joie, monsieur du marié!

Ils sortent.

SCÈNE III

FIGARO, seul, se promenant dans l'obscurité, dit du ton le plus sombre[1].

O femme! femme! femme! créature faible et décevante!... nul animal créé ne peut manquer à son instinct : le tien est-il donc de tromper?... Après m'avoir obstinément refusé quand je l'en pressais devant sa maîtresse; à l'instant qu'elle me donne sa parole, au milieu même de la cérémonie!... Il riait en lisant, le perfide! et moi, comme un benêt... Non, monsieur le Comte, vous ne l'aurez pas... vous ne l'aurez pas. Parce que vous êtes un grand seigneur, vous vous croyez un grand génie[2]!... noblesse, fortune, un rang, des places, tout cela rend si fier! Qu'avez-vous

---

1. Dans ce long et célèbre monologue, Figaro, en proie à l'impatience, va d'abord s'indigner avec éclat de l'inconstance de Suzanne et des femmes en général. Puis sa rancœur se porte sur le Comte, son rival. C'est alors qu'opposant la condition de ce « grand seigneur » à la sienne il passe toute sa destinée en revue, ce qui l'amène à émettre maintes doléances et revendications qui sont l'écho de celles des roturiers français à la veille de la Révolution. — 2. Proposition maintes fois critiquée par Figaro : le sang, la naissance ne tiennent pas lieu de mérite (sens latin de *génie* : dons naturels). Cette critique est nouvelle puisque, au XVIIᵉ siècle, dans le concept d'*honnête homme*, l'idée de distinction intellectuelle était toujours plus ou moins liée à celle d'aristocratie.

fait pour tant de biens? vous vous êtes donné la peine de naître et rien de plus : du reste, homme assez ordinaire[1]! tandis que moi, morbleu, perdu dans la foule obscure, il m'a fallu déployer plus de science et de calculs pour subsister seulement qu'on n'en a mis depuis cent ans à gouverner toutes les Espagnes; et vous voulez jouter[2]!... On vient... c'est elle... ce n'est personne. — La nuit est noire en diable, et me voilà faisant le sot métier de mari, quoique je ne le sois qu'à moitié! (*Il s'assied sur un banc.*) Est-il rien de plus bizarre que ma destinée! Fils de je ne sais pas qui; volé par des bandits; élevé dans leurs mœurs, je m'en dégoûte et veux courir une carrière honnête; et partout je suis repoussé! J'apprends la chimie, la pharmacie, la chirurgie; et tout le crédit d'un grand seigneur peut à peine me mettre à la main une lancette vétérinaire[3]! — Las d'attrister des bêtes malades, et pour faire un métier contraire, je me jette à corps perdu dans le théâtre : me fussé-je mis une pierre au cou! Je broche[4] une comédie dans les mœurs du sérail; auteur espagnol, je crois pouvoir y fronder Mahomet sans scrupule : à l'instant un envoyé... de je ne sais où se plaint que j'offense dans mes vers la Sublime Porte[5], la Perse, une partie de la presqu'île de l'Inde, toute l'Égypte, les royaumes de Barca, de Tripoli, de Tunis, d'Alger et de Maroc : et voilà ma comédie flambée, pour plaire aux princes mahométans, dont pas un, je crois, ne sait lire, et qui nous meurtrissent l'omoplate en nous disant : *chiens de chrétiens!* — Ne pouvant avilir l'esprit, on se venge en le maltraitant. — Mes joues creusaient; mon terme était échu; je voyais de loin arriver l'affreux recors[6], la plume fichée dans sa perruque; en frémissant je m'évertue. Il s'élève une question sur la nature des richesses; et comme il n'est pas nécessaire de tenir les choses pour en raisonner, n'ayant pas un sou, j'écris sur la valeur de l'argent et sur son produit net : sitôt je vois, du fond d'un fiacre, baisser pour moi le pont d'un château fort à l'entrée duquel je laissais l'espérance et la liberté[7]. (*Il se lève.*) Que

---

1. Figaro souffre d'un « complexe d'infériorité » sociale qu'aggrave un « complexe de supériorité » intellectuelle. — 2. *Jouter* : sens familier et figuré de : rivaliser. — 3. N'oublions pas que les barbiers du XVIIIe siècle étaient en même temps chirurgiens et vétérinaires (cf. *Le Barbier de Séville*). — 4. *Je broche* : équivaut à notre locution familière : « je bâcle ». On brochait en librairie les ouvrages de peu de valeur. — 5. *La Sublime Porte* : c'est le nom du gouvernement ottoman. Tout ce qui se rapportait à l'Orient et au monde turc plaisait aux écrivains du XVIIIe siècle (cf. Voltaire : *Zadig, Zaïre, Mahomet*). — 6. *Recors* : c'est l'huissier chargé d'ordonner la saisie. — 7. Ce château fort est la Bastille. Ici l'auteur parodie l'inscription placée, dans le poème de Dante, à la porte des Enfers : « *Lasciate ogni speranza, voi ch'entrate*, laissez toute espérance, vous qui entrez. » Rappelons que Beaumarchais songe probablement à son propre internement au For-l'Évêque.

je voudrais bien tenir un de ces puissants de quatre jours, si légers sur le mal qu'ils ordonnent, quand une bonne disgrâce a cuvé son orgueil! Je lui dirais... que les sottises imprimées n'ont d'importance qu'aux lieux où l'on en gêne le cours; que, sans la liberté de blâmer, il n'est point d'éloge flatteur; et qu'il n'y a que les petits hommes qui redoutent les petits écrits. (*Il se rassied.*) Las de nourrir un obscur pensionnaire, on me met un jour dans la rue; et comme il faut dîner, quoiqu'on ne soit plus en prison, je taille encore ma plume et demande à chacun de quoi il est question : on me dit que, pendant ma retraite économique, il s'est établi dans Madrid un système de liberté sur la vente des productions, qui s'étend même à celles de la presse; et que, pourvu que je ne parle en mes écrits ni de l'autorité, ni du culte, ni de la politique, ni de la morale, ni des gens en place, ni des corps en crédit, ni de l'Opéra, ni des autres spectacles, ni de personne qui tienne à quelque chose, je puis tout imprimer librement, sous l'inspection de deux ou trois censeurs[1]. Pour profiter de cette douce liberté, j'annonce un écrit périodique et, croyant n'aller sur les brisées d'aucun autre, je le nomme *Journal inutile.* Pou-ou! je vois s'élever contre moi mille pauvres diables à la feuille; on me supprime, et me voilà derechef sans emploi! — Le désespoir m'allait saisir; on pense à moi pour une place, mais par malheur j'y étais propre; il fallait un calculateur, ce fut un danseur qui l'obtint[2]. Il ne me restait plus qu'à voler; je me fais banquier de pharaon[3] : alors, bonnes gens! je soupe en ville, et les personnes dites *comme il faut* m'ouvrent poliment leur maison, en retenant pour elles les trois quarts du profit. J'aurais bien pu me remonter; je commençais même à comprendre que, pour gagner du bien, le savoir-faire vaut mieux que le savoir. Mais, comme chacun pillait autour de moi, en exigeant que je fusse honnête, il fallut bien périr encore. Pour le coup je quittais le monde, et vingt brasses d'eau m'en allaient séparer lorsqu'un Dieu bienfaisant m'appelle à mon premier état. Je reprends ma trousse et mon cuir anglais; puis, laissant la fumée aux sots qui s'en nourrissent, et la honte au milieu du chemin, comme trop lourde à un piéton, je vais rasant de ville en ville, et je vis enfin sans souci. Un grand seigneur passe à Séville; il me reconnaît, je le marie[4]; et, pour prix d'avoir eu par mes soins son épouse, il veut intercepter la mienne! Intrigue, orage à ce sujet. Prêt à tomber dans un abîme,

---

1. Il n'est pas besoin de souligner la hardiesse satirique de ce genre de plaisanterie. — 2. Cette brillante formule est devenue proverbiale; elle stigmatise le culte de l'incompé- tence et le triomphe de la « faveur ». — 3. *Pharaon* : jeu de cartes analogue au baccara, fort en vogue au XVIIIe siècle. — 4. Allusions aux événements du *Barbier de Séville.*

au moment d'épouser ma mère, mes parents m'arrivent à la file. (*Il se lève en s'échauffant.*) On se débat : c'est vous, c'est lui, c'est moi, c'est toi; non, ce n'est pas nous : eh! mais qui donc? (*Il retombe assis.*) O bizarre suite d'événements! Comment cela m'est-il arrivé? Pourquoi ces choses et non pas d'autres[1]? Qui les a fixées sur ma tête? Forcé de parcourir la route où je suis entré sans le savoir, comme j'en sortirai sans le vouloir, je l'ai jonchée d'autant de fleurs que ma gaieté me l'a permis : encore je dis ma gaieté sans savoir si elle est à moi plus que le reste, ni même quel est ce *moi* dont je m'occupe : un assemblage informe de parties inconnues; puis un chétif être imbécile, un petit animal folâtre, un jeune ardent au plaisir, ayant tous les goûts pour jouir, faisant tous les métiers pour vivre, maître ici, valet là, selon qu'il plaît à la fortune; ambitieux par vanité, laborieux par nécessité; mais paresseux... avec délices! orateur selon le danger, poète par délassement; musicien par occasion, amoureux par folles bouffées, j'ai tout vu, tout fait, tout usé. Puis l'illusion s'est détruite, et, trop désabusé... Désabusé[2]!... Suzon, Suzon, Suzon! que tu me donnes de tourments!... J'entends marcher... on vient. Voici l'instant de la crise[3].

Il se retire près de la première coulisse à sa droite.

SCÈNE IV

FIGARO, LA COMTESSE avec les habits de Suzon, SUZANNE avec ceux de la Comtesse, MARCELINE

SUZANNE, *bas à la Comtesse.* — Oui, Marceline m'a dit que Figaro y serait.

MARCELINE. — Il y est aussi; baisse la voix.

SUZANNE. — Ainsi l'un nous écoute, et l'autre va venir me chercher; commençons.

MARCELINE. — Pour n'en pas perdre un mot, je vais me cacher dans le pavillon.

Elle entre dans le pavillon où est entrée Fanchette.

1. Cette question est celle que pose toute destinée humaine, la question du sens même de la vie. Le ton change ici, prend des nuances philosophiques ou lyriques, ce qui n'est pas habituel chez Figaro. — 2. *Désabusé* : ce seul mot, si amer, suffit à montrer que l' « accent » du mono- logue est vrai, que la lassitude et la sincérité de Figaro sont réelles. C'est un instant de dépression, de relâche- ment au sein d'une inépuisable vita- lité. — 3. *Crise* : au sens propre du terme : phase décisive, moment de haute tension.

SCÈNE V

FIGARO, LA COMTESSE, SUZANNE

SUZANNE, *haut.* — Madame tremble! est-ce qu'elle aurait froid?

LA COMTESSE, *haut.* — La soirée est humide, je vais me retirer.

SUZANNE, *haut.* — Si madame n'avait pas besoin de moi, je prendrais l'air un moment, sous ces arbres.

LA COMTESSE, *haut.* — C'est le serein[1] que tu prendras.

SUZANNE, *haut.* — J'y suis toute faite.

FIGARO, *à part.* — Ah! oui, le serein!

       Suzanne se retire près de la coulisse du côté opposé à Figaro.

SCÈNE VI

FIGARO, CHÉRUBIN, LE COMTE, LA COMTESSE, SUZANNE

       Figaro et Suzanne retirés de chaque côté sur le devant.

CHÉRUBIN, *en habit d'officier, arrive en chantant gaiement la reprise de l'air de la romance.* — La, la, la, etc.

       J'avais une marraine,
       Que toujours adorai.

LA COMTESSE, *à part.* — Le petit page!

CHÉRUBIN *s'arrête.* — On se promène ici; gagnons vite mon asile, où la petite Fanchette... C'est une femme!

LA COMTESSE *écoute.* — Ah! grands dieux!

CHÉRUBIN *se baisse en regardant de loin.* — Me trompé-je? à cette coiffure en plumes qui se dessine au loin dans le crépuscule, il me semble que c'est Suzon.

LA COMTESSE, *à part.* — Si le comte arrivait!...

                       Le Comte paraît dans le fond.

CHÉRUBIN *s'approche et prend la main de la Comtesse, qui se défend.* — Oui, c'est la charmante fille qu'on nomme Suzanne! Eh! pourrais-je m'y méprendre à la douceur de cette main, à ce petit tremblement qui l'a saisie, surtout au battement de mon cœur!

       Il veut y appuyer le dos de la main de la Comtesse; elle la retire.

---

1. *Serein* : fraîcheur du soir (exactement : vapeur fine qui tombe après le coucher du soleil). Mais Suzanne joue sur le mot.

LA COMTESSE, *bas*. — Allez-vous-en.

CHÉRUBIN. — Si la compassion t'avait conduite exprès dans cet endroit du parc, où je suis caché depuis tantôt!

LA COMTESSE. — Figaro va venir.

LE COMTE, *s'avançant, dit à part*. — N'est-ce pas Suzanne que j'aperçois?

CHÉRUBIN, *à la Comtesse*. — Je ne crains point du tout Figaro, car ce n'est pas lui que tu attends.

LA COMTESSE. — Qui donc?

LE COMTE, *à part*. — Elle est avec quelqu'un.

CHÉRUBIN. — C'est monseigneur, friponne, qui t'a demandé ce rendez-vous, ce matin, quand j'étais derrière le fauteuil.

LE COMTE, *à part, avec fureur*. — C'est encore le page infernal!

FIGARO, *à part*. — On dit qu'il ne faut pas écouter!

SUZANNE, *à part*. — Petit bavard!

LA COMTESSE, *au page*. — Obligez-moi de vous retirer.

CHÉRUBIN. — Ce ne sera pas au moins sans avoir reçu le prix de mon obéissance.

LA COMTESSE, *effrayée*. — Vous prétendez?...

CHÉRUBIN, *avec feu*. — D'abord vingt baisers pour ton compte, et puis cent pour ta belle maîtresse.

LA COMTESSE. — Vous oseriez?...

CHÉRUBIN. — Oh! que oui, j'oserai! tu prends sa place auprès de monseigneur; moi celle du Comte auprès de toi : le plus attrapé, c'est Figaro.

FIGARO, *à part*. — Ce brigandeau!

SUZANNE, *à part*. — Hardi comme un page!

Chérubin veut embrasser la Comtesse. Le Comte se met entre deux et reçoit le baiser.

LA COMTESSE, *se retirant*. — Ah! ciel!

FIGARO, *à part, entendant le baiser*. — J'épousais une jolie mignonne!

Il écoute.

CHÉRUBIN, *tâtant les habits du Comte*. — (*A part*.) C'est monseigneur!

Il s'enfuit dans le pavillon où sont entrées Fanchette et Marceline.

SCÈNE VII

FIGARO, LE COMTE, LA COMTESSE, SUZANNE

FIGARO *s'approche*. — Je vais...

LE COMTE, *croyant parler au page*. — Puisque vous ne redoublez pas le baiser...

> Il croit lui donner un soufflet.

FIGARO, *qui est à portée, le reçoit*. — Ah!

LE COMTE. — ... Voilà toujours le premier payé.

FIGARO, *à part, s'éloigne en se frottant la joue*. — Tout n'est pas gain non plus en écoutant.

SUZANNE, *riant tout haut, de l'autre côté*. — Ah, ah, ah, ah!

LE COMTE, *à la Comtesse, qu'il prend pour Suzanne*. — Entend-on quelque chose à ce page! Il reçoit le plus rude soufflet et s'enfuit en éclatant de rire.

FIGARO, *à part*. — S'il s'affligeait de celui-ci!...

LE COMTE. — Comment! je ne pourrai faire un pas... (*A la Comtesse.*) Mais laissons cette bizarrerie; elle empoisonnerait le plaisir que j'ai de te trouver dans cette salle.

LA COMTESSE, *imitant le parler de Suzanne*. — L'espériez-vous?

LE COMTE. — Après ton ingénieux billet! (*Il lui prend la main.*) Tu trembles?

LA COMTESSE. — J'ai eu peur.

LE COMTE. — Ce n'est pas pour te priver du baiser que je l'ai pris.

> Il la baise au front.

LA COMTESSE. — Des libertés!

FIGARO, *à part*. — Coquine!

SUZANNE, *à part*. — Charmante!

LE COMTE *prend la main de sa femme*. — Mais quelle peau fine et douce, et qu'il s'en faut que la Comtesse ait la main aussi belle[1]!

LA COMTESSE, *à part*. — Oh! la prévention!

LE COMTE. — A-t-elle ce bras ferme et rondelet? ces jolis doigts pleins de grâce et d'espièglerie?

LA COMTESSE, *de la voix de Suzanne*. — Ainsi l'amour...

LE COMTE. — L'amour... n'est que le roman du cœur : c'est le plaisir qui en est l'histoire[2]; il m'amène à tes genoux.

LA COMTESSE. — Vous ne l'aimez plus?

---

1. La mauvaise foi du Comte (ce que la Comtesse appelle sa « prévention ») est évidente et ridicule. — 2. Cet aphorisme sur le plaisir est caractéristique du libertinage si répandu au XVIIIe siècle.

LE COMTE. — Je l'aime beaucoup; mais trois ans d'union rendent l'hymen si respectable!

LA COMTESSE. — Que vouliez-vous en elle?

LE COMTE, *la caressant*. — Ce que je trouve en toi, ma beauté...

LA COMTESSE. — Mais dites donc.

LE COMTE. — Je ne sais : moins d'uniformité, peut-être, plus de piquant dans les manières, un je ne sais quoi qui fait le charme; quelquefois un refus, que sais-je! Nos femmes croient tout accomplir en nous aimant : cela dit une fois, elles nous aiment, nous aiment (quand elles nous aiment!) et sont si complaisantes, et si constamment obligeantes, et toujours et sans relâche, qu'on est tout surpris un beau soir de trouver la satiété où l'on recherchait le bonheur[1].

LA COMTESSE, *à part*. — Ah! quelle leçon!

LE COMTE. — En vérité, Suzon, j'ai pensé mille fois que, si nous poursuivons ailleurs ce plaisir qui nous fuit chez elles, c'est qu'elles n'étudient pas assez l'art de soutenir notre goût, de se renouveler à l'amour, de ranimer, pour ainsi dire, le charme de leur possession par celui de la variété.

LA COMTESSE, *piquée*. — Donc elles doivent tout?...

LE COMTE, *riant*. — Et l'homme rien. Changerons-nous la marche de la nature? Notre tâche à nous fut de les obtenir, la leur...

LA COMTESSE. — La leur...?

LE COMTE. — Est de nous retenir; on l'oublie trop.

LA COMTESSE. — Ce ne sera pas moi.

LE COMTE. — Ni moi.

FIGARO, *à part*. — Ni moi.

SUZANNE, *à part*. — Ni moi.

LE COMTE *prend la main de sa femme*. — Il y a de l'écho ici; parlons plus bas. Tu n'as nul besoin d'y songer, toi que l'amour a faite, et si vive, et si jolie! Avec un grain de caprice, tu seras la plus agaçante maîtresse! (*Il la baise au front.*) Ma Suzanne, un Castillan n'a que sa parole. Voici tout l'or promis pour le rachat du droit que je n'ai plus sur le délicieux moment que tu m'accordes. Mais, comme la grâce que tu daignes y mettre est sans prix, j'y joindrai ce brillant que tu porteras pour l'amour de moi.

LA COMTESSE *fait une révérence*. — Suzanne accepte tout.

FIGARO, *à part*. — On n'est pas plus coquine que cela.

SUZANNE, *à part*. — Voilà du bon bien qui nous arrive.

LE COMTE, *à part*. — Elle est intéressée; tant mieux.

---

1. La confession du Comte doit piquer le cœur de la Comtesse. Il est vrai qu'elle en tirera une leçon.

LA COMTESSE *regarde au fond.* — Je vois des flambeaux.

LE COMTE. — Ce sont les apprêts de ta noce. Entrons-nous un moment dans l'un de ces pavillons, pour les laisser passer?

LA COMTESSE. — Sans lumière?

LE COMTE *l'entraîne doucement.* — A quoi bon? nous n'avons rien à lire.

FIGARO, *à part.* — Elle y va, ma foi! Je m'en doutais.

Il s'avance.

LE COMTE *grossit sa voix en se retournant.* — Qui passe ici?

FIGARO, *en colère.* — Passer! on vient exprès.

LE COMTE, *bas, à la Comtesse.* — C'est Figaro!...

Il s'enfuit.

LA COMTESSE. — Je vous suis.

Elle entre dans le pavillon à sa droite, pendant que le Comte se perd dans le bois au fond.

SCÈNE VIII

FIGARO, SUZANNE, dans l'obscurité.

FIGARO *cherche à voir où vont le Comte et la Comtesse, qu'il prend pour Suzanne.* — Je n'entends plus rien; ils sont entrés; m'y voilà. (*D'un ton altéré.*) Vous autres, époux maladroits, qui tenez des espions à gages et tournez des mois entiers autour d'un soupçon, sans l'asseoir, que ne m'imitez-vous? Dès le premier jour je suis ma femme, et je l'écoute : en un tour de main on est au fait : c'est charmant; plus de doutes; on sait à quoi s'en tenir. (*Marchant vivement.*) Heureusement que je ne m'en soucie guère et que sa trahison ne me fait plus rien du tout[1]. Je les tiens donc enfin.

SUZANNE, *qui s'est avancée doucement dans l'obscurité.* — (*A part.*) Tu vas payer tes beaux soupçons. (*Du ton de voix de la Comtesse.*) Qui va là?

FIGARO, *extravaguant.* — *Qui va là?* Celui qui voudrait de bon cœur que la peste eût étouffé en naissant...

SUZANNE, *du ton de la Comtesse.* — Eh! mais, c'est Figaro!

FIGARO *regarde et dit vivement.* — Madame la Comtesse!

SUZANNE. — Parlez bas.

FIGARO, *vite.* — Ah! madame, que le ciel vous amène à propos! Où croyez-vous qu'est monseigneur?

SUZANNE. — Que m'importe un ingrat? Dis-moi...

FIGARO, *plus vite.* — Et Suzanne, mon épousée, où croyez-vous qu'elle soit?

---

1. Nous n'en croyons rien. Mais dans sa colère Figaro cherche à se mentir à lui même.

SUZANNE. — Mais parlez bas!

FIGARO, *très vite.* — Cette Suzon qu'on croyait si vertueuse, qui faisait la réservée! Ils sont enfermés là-dedans. Je vais appeler.

SUZANNE, *lui fermant la bouche avec sa main, oublie de déguiser sa voix.* — N'appelez pas!

FIGARO, *à part.* — Eh! c'est Suzon[1]! *God-dam!*

SUZANNE, *du ton de la Comtesse.* — Vous paraissez inquiet.

FIGARO, *à part.* — Traîtresse! qui veut me surprendre!

SUZANNE. — Il faut nous venger, Figaro.

FIGARO. — En sentez-vous le vif désir?

SUZANNE. — Je ne serais donc pas de mon sexe! Mais les hommes en ont cent moyens.

FIGARO, *confidemment.* — Madame, il n'y a personne ici de trop. Celui des femmes... les vaut tous.

SUZANNE, *à part.* — Comme je le souffletterais.

FIGARO, *à part.* — Il serait bien gai qu'avant la noce...

SUZANNE. — Mais qu'est-ce qu'une telle vengeance qu'un peu d'amour n'assaisonne pas?

FIGARO. — Partout où vous n'en voyez point, croyez que le respect dissimule.

SUZANNE, *piquée.* — Je ne sais si vous le pensez de bonne foi, mais vous ne le dites pas de bonne grâce.

FIGARO, *avec une chaleur comique, à genoux.* — Ah! madame, je vous adore. Examinez le temps, le lieu, les circonstances, et que le dépit supplée en vous aux grâces qui manquent à ma prière.

SUZANNE, *à part.* — La main me brûle!

FIGARO, *à part.* — Le cœur me bat.

SUZANNE. — Mais, monsieur, avez-vous songé?...

FIGARO. — Oui, madame, oui, j'ai songé.

SUZANNE. — ... Que pour la colère et l'amour...

FIGARO. — ... Tout ce qui se diffère est perdu. Votre main, madame!

SUZANNE, *de sa voix naturelle, et lui donnant un soufflet.* — La voilà.

FIGARO. — Ah! *demonio*[2]! quel soufflet!

SUZANNE *lui en donne un second.* — Quel soufflet! Et celui-ci?

FIGARO. — Et *ques-à-quo?* de par le diable, est-ce ici la journée des tapes?

---

1. Figaro a été prompt à reconnaître Suzanne qui vient de se trahir. Il exploitera son avantage : désormais c'est lui qui passe en position forte, **prend l'initiative** du malentendu et berne sa femme. — 2. *Demonio* : dans sa joie Figaro use spontanément de différents parlers : italien (*démonio* : divinité, démon ; *santa Barbara*), provençal (*ques-à-quo* : qu'est-ce que c'est?).

SUZANNE *le bat à chaque phrase.* — Ah! *ques-à-quo*, Suzanne? et voilà pour tes soupçons; voilà pour tes vengeances et pour tes trahisons, tes expédients, tes injures et tes projets. C'est-il ça de l'amour, dis donc, comme ce matin?

FIGARO *rit en se relevant.* — *Santa Barbara!* oui, c'est de l'amour. O bonheur! ô délices! ô cent fois heureux Figaro! Frappe, ma bien-aimée, sans te lasser. Mais, quand tu m'auras diapré tout le corps de meurtrissures, regarde avec bonté, Suzon, l'homme le plus fortuné qui fût jamais battu par une femme.

SUZANNE. — *Le plus fortuné!* Bon fripon, vous n'en séduisiez pas moins la Comtesse, avec un si trompeur babil, que, m'oubliant moi-même, en vérité, c'était pour elle que je cédais.

FIGARO. — Ai-je pu me méprendre au son de ta jolie voix?

SUZANNE, *en riant.* — Tu m'as reconnue? Ah! comme je m'en vengerai!

FIGARO. — Bien rosser et garder rancune est aussi par trop féminin! Mais dis-moi donc par quel bonheur je te vois là, quand je te croyais avec lui; et comment cet habit qui m'abusait te montre enfin innocente?...

SUZANNE. — Eh! c'est toi qui es un innocent, de venir te prendre au piège apprêté pour un autre! Est-ce notre faute, à nous, si, voulant museler un renard, nous en attrapons deux?

FIGARO. — Qui donc prend l'autre?

SUZANNE. — Sa femme.

FIGARO. — Sa femme?

SUZANNE. — Sa femme.

FIGARO, *follement.* — Ah! Figaro, pends-toi; tu n'as pas deviné celui-là... Sa femme? O douze ou quinze mille fois spirituelles femelles! — Ainsi les baisers de cette salle...

SUZANNE. — Ont été donnés à madame.

FIGARO. — Et celui du page?

SUZANNE, *riant.* — A monsieur.

FIGARO. — Et tantôt, derrière le fauteuil?

SUZANNE. — A personne.

FIGARO. — En êtes-vous sûre?

SUZANNE, *riant.* — Il pleut des soufflets, Figaro.

FIGARO *lui baise les mains.* — Ce sont des bijoux que les tiens. Mais celui du Comte était de bonne guerre.

SUZANNE. — Allons, superbe, humilie-toi.

FIGARO *fait tout ce qu'il annonce.* — Cela est juste : à genoux : bien courbé, prosterné, ventre à terre.

SUZANNE, *en riant.* — Ah! ce pauvre Comte, quelle peine il s'est donnée!...

FIGARO *se relève sur ses genoux.* — ... Pour faire la conquête de sa femme!

SCÈNE IX

LE COMTE, entre par le fond du théâtre et va droit au pavillon à sa droite, FIGARO, SUZANNE

LE COMTE, *à lui-même.* — Je la cherche en vain dans le bois, elle est peut-être entrée ici.

SUZANNE, *à Figaro, parlant bas.* — C'est lui.

LE COMTE, *ouvrant le pavillon.* — Suzon, es-tu là-dedans?

FIGARO, *bas.* — Il la cherche, et moi je croyais...

SUZANNE, *bas.* — Il ne l'a pas reconnue.

FIGARO. — Achevons-le, veux-tu?

> Il lui baise la main.

LE COMTE *se retourne.* — Un homme aux pieds de la Comtesse[1]!... Ah! je suis sans armes.

> Il s'avance.

FIGARO *se relève tout à fait en déguisant sa voix.* — Pardon, madame, si je n'ai pas réfléchi que ce rendez-vous ordinaire était destiné pour la noce.

LE COMTE, *à part.* — C'est l'homme du cabinet de ce matin.

> Il se frappe le front.

FIGARO *continue.* — Mais il ne sera pas dit qu'un obstacle aussi sot aura retardé nos plaisirs.

LE COMTE, *à part.* — Massacre! mort! enfer!

FIGARO, *la conduisant au cabinet.* — (*Bas.*) Il jure. (*Haut.*) Pressons-nous donc, madame, et réparons le tort qu'on nous a fait tantôt, quand j'ai sauté par la fenêtre.

LE COMTE, *à part.* — Ah! tout se découvre enfin.

SUZANNE, *près du pavillon à sa gauche.* — Avant d'entrer, voyez si personne n'a suivi.

> Il la baise au front.

LE COMTE *s'écrie.* — Vengeance!

Suzanne s'enfuit dans le pavillon où sont entrés Fanchette, Marceline et Chérubin.

---

1. Le Comte, dans son égoïsme, est aussi jaloux et vindicatif qu'il est infidèle et volage.

SCÈNE X

LE COMTE, FIGARO

Le Comte saisit le bras de Figaro.

FIGARO, *jouant la frayeur excessive.* — C'est mon maître!

LE COMTE *le reconnaît.* — Ah! scélérat, c'est toi! Holà! quelqu'un! quelqu'un!

SCÈNE XI

PÉDRILLE, LE COMTE, FIGARO

PÉDRILLE, *botté.* — Monseigneur, je vous trouve enfin.

LE COMTE. — Bon, c'est Pédrille. Es-tu tout seul?

PÉDRILLE. — Arrivant de Séville à étripe-cheval[1].

LE COMTE. — Approche-toi de moi et crie bien fort!

PÉDRILLE, *criant à tue-tête.* — Pas plus de page que sur ma main. Voilà le paquet.

LE COMTE *le repousse.* — Eh! l'animal!

PÉDRILLE. — Monseigneur me dit de crier.

LE COMTE, *tenant toujours Figaro.* — Pour appeler. — Holà! quelqu'un! Si l'on m'entend, accourez tous.

PÉDRILLE. — Figaro et moi, nous voilà deux : que peut-il donc vous arriver?

SCÈNE XII

LES ACTEURS PRÉCÉDENTS, BRID'OISON, BARTHOLO, BASILE, ANTONIO, GRIPE-SOLEIL, toute la noce accourt avec des flambeaux.

BARTHOLO, *à Figaro.* — Tu vois qu'à ton premier signal...

LE COMTE, *montrant le pavillon à sa gauche.* — Pédrille, empare-toi de cette porte.

Pédrille y va.

BASILE, *bas à Figaro.* — Tu l'as surpris avec Suzanne?

LE COMTE, *montrant Figaro.* — Et vous tous, mes vassaux, entourez-moi cet homme et m'en répondez sur la vie[2].

1. *A étripe-cheval* : c'est-à-dire : à grande allure, en éperonnant comme si l'on devait étriper le cheval. —

2. La colère du Comte prend un tour solennel, dramatique et fort plaisant.

BASILE. — Ha! ha!

LE COMTE, *furieux.* — Taisez-vous donc. (*A Figaro, d'un ton glacé.*) Mon cavalier, répondrez-vous à mes questions?

FIGARO, *froidement.* — Eh! qui pourrait m'en exempter, monseigneur? Vous commandez à tout ici, hors à vous-même.

LE COMTE, *se contenant.* — Hors à moi-même!...

ANTONIO. — C'est ça parler!

LE COMTE *reprend sa colère.* — Non, si quelque chose pouvait augmenter ma fureur, ce serait l'air calme qu'il affecte.

FIGARO. — Sommes-nous des soldats qui tuent et se font tuer pour des intérêts qu'ils ignorent[1]? Je veux savoir, moi, pourquoi je me fâche.

LE COMTE, *hors de lui.* — O rage! (*Se contenant.*) Homme de bien qui feignez d'ignorer, nous ferez-vous au moins la faveur de nous dire quelle est la dame actuellement par vous amenée dans ce pavillon?

FIGARO, *montrant l'autre avec malice.* — Dans celui-là?

LE COMTE, *vite.* — Dans celui-ci.

FIGARO, *froidement.* — C'est différent. Une jeune personne qui m'honore de ses bontés particulières.

BASILE, *étonné.* — Ha! ha!

LE COMTE, *vite.* — Vous l'entendez, messieurs.

BARTHOLO, *étonné.* — Nous l'entendons.

LE COMTE, *à Figaro.* — Et cette jeune personne a-t-elle un autre engagement que vous sachiez?

FIGARO, *froidement.* — Je sais qu'un grand seigneur s'en est occupé quelque temps : mais, soit qu'il l'ait négligée, ou que je lui plaise mieux qu'un plus aimable, elle me donne aujourd'hui la préférence.

LE COMTE, *vivement.* — La préf...! (*Se contenant.*) Au moins il est naïf; car ce qu'il avoue, messieurs, je l'ai ouï, je vous jure, de la bouche même de sa complice.

BRID'OISON, *stupéfait.* — Sa-a complice!

LE COMTE, *avec fureur.* — Or, quand le déshonneur est public, il faut que la vengeance le soit aussi.

> Il entre dans le pavillon.

---

1. Inutile de dire que cette comparaison est encore un violent trait de satire. Figaro s'en prend aux militaires auxquels il avait assez peu touché jusqu'à présent. Beaumarchais, par prudence, avait supprimé plusieurs développements de ce genre qui figuraient dans la première version de sa pièce et eussent paru trop audacieux.

SCÈNE XIII

Tous les acteurs précédents, hors LE COMTE

ANTONIO. — C'est juste.

BRID'OISON, *à Figaro.* — Qui-i donc a pris la femme de l'autre?

FIGARO, *en riant.* — Aucun n'a eu cette joie-là.

SCÈNE XIV

Les acteurs précédents, LE COMTE[1], CHÉRUBIN

LE COMTE, *parlant dans le pavillon, et attirant quelqu'un qu'on ne voit pas encore.* — Tous vos efforts sont inutiles; vous êtes perdue, madame; et votre heure est bien arrivée! (*Il sort sans regarder.*) Quel bonheur qu'aucun gage d'une union aussi détestée!...

FIGARO *s'écrie.* — Chérubin!

LE COMTE. — Mon page!

BASILE. — Ha! ha!

LE COMTE, *hors de lui.* (*A part.*) — Et toujours le page endiablé! (*A Chérubin.*) Que faisiez-vous dans ce salon?

CHÉRUBIN, *timidement.* — Je me cachais, comme vous me l'avez ordonné.

PÉDRILLE. — Bien la peine de crever un cheval!

LE COMTE. — Entres-y, Antonio; conduis devant son juge l'infâme qui m'a déshonoré.

BRID'OISON. — C'est madame que vous y-y cherchez?

ANTONIO. — L'y a, parguenne, une bonne Providence! vous en avez tant fait dans le pays...

LE COMTE, *furieux.* — Entre donc.

Antonio entre.

SCÈNE XV

Les acteurs précédents, excepté ANTONIO

LE COMTE. — Vous allez voir, messieurs, que le page n'y était pas seul.

CHÉRUBIN, *timidement.* — Mon sort eût été trop cruel si quelque âme sensible n'en eût adouci l'amertume.

1. Ici, tandis que les différents malentendus se dénouent, s'achève un *imbroglio* qui fait du *Mariage* un chef-d'œuvre de la comédie d'intrigue.

Photo Bibl. N^le.

« AH! QU'EST-CE QUE JE **VOIS**!... »

Gravure de Saint-Quentin.

SCÈNE XVI

Les acteurs précédents, ANTONIO, FANCHETTE

ANTONIO, *attirant par le bras quelqu'un qu'on ne voit pas encore*. — Allons, madame, il ne faut pas vous faire prier pour en sortir, puisqu'on sait que vous y êtes entrée.

FIGARO *s'écrie*. — La petite cousine!

BASILE. — Ha! ha!

LE COMTE. — Fanchette!

ANTONIO *se retourne et s'écrie*. — Ah! palsambleu, monseigneur, il est gaillard de me choisir pour montrer à la compagnie que c'est ma fille qui cause tout ce train-là!

LE COMTE, *outré*. — Qui la savait là-dedans?

Il veut rentrer.

BARTHOLO, *au-devant*. — Permettez, monsieur le Comte, ceci n'est pas plus clair. Je suis de sang-froid, moi.

Il entre.

BRID'OISON. — Voilà une affaire au-aussi trop embrouillée.

SCÈNE XVII

Les acteurs précédents, MARCELINE

BARTHOLO, *parlant en dedans et sortant*. — Ne craignez rien, madame, il ne vous sera fait aucun mal. J'en réponds. (*Il se retourne et s'écrie :*) Marceline!...

BASILE. — Ha! ha!

FIGARO, *riant*. — Hé! quelle folie! ma mère en est?

ANTONIO. — A qui pis fera.

LE COMTE, *outré*. — Que m'importe à moi? La Comtesse...

SCÈNE XVIII

Les acteurs précédents, SUZANNE

Suzanne, son éventail sur le visage.

LE COMTE. — ... Ah! la voici qui sort. (*Il la prend violemment par le bras.*) Que croyez-vous, messieurs, que mérite une odieuse...?

Suzanne se jette à genoux, la tête baissée.

LE COMTE. — Non, non.

> Figaro se jette à genoux de l'autre côté.

LE COMTE, *plus fort*. — Non, non.

> Marceline se jette à genoux devant lui.

LE COMTE, *plus fort*. — Non, non.

> Tous se mettent à genoux, excepté Brid'oison.

LE COMTE, *hors de lui*. — Y fussiez-vous un cent!

SCÈNE XIX

Tous les acteurs précédents, LA COMTESSE sort de l'autre pavillon.

LA COMTESSE *se jette à genoux*. — Au moins je ferai nombre.

LE COMTE, *regardant la Comtesse et Suzanne*. — Ah! qu'est-ce que je vois!

BRID'OISON, *riant*. — Et pardi, c'è-est madame.

LE COMTE *veut relever la Comtesse*. — Quoi! c'était vous, Comtesse? (*D'un ton suppliant*.) Il n'y a qu'un pardon généreux...

LA COMTESSE, *en riant*. — Vous diriez : *Non, non*, à ma place; et moi, pour la troisième fois d'aujourd'hui, je l'accorde sans condition.

> Elle se relève.

SUZANNE *se relève*. — Moi aussi.

MARCELINE *se relève*. — Moi aussi.

FIGARO *se relève*. — Moi aussi. Il y a de l'écho ici!

> Tous se relèvent.

LE COMTE. — De l'écho! — J'ai voulu ruser avec eux; ils m'ont traité comme un enfant[1]!

LA COMTESSE, *en riant*. — Ne le regrettez pas, monsieur le Comte.

FIGARO, *s'essuyant les genoux avec son chapeau*. — Une petite journée comme celle-ci forme bien un ambassadeur!

LE COMTE, *à Suzanne*. — Ce billet fermé d'une épingle...

SUZANNE. — C'est madame qui l'avait dicté.

LE COMTE. — La réponse lui en est bien due.

> Il baise la main de la Comtesse.

LA COMTESSE. — Chacun aura ce qui lui appartient.

> Elle donne la bourse à Figaro et le diamant à Suzanne.

---

1. Le Comte dit vrai. Il n'a jamais cessé d'être le jouet de son entourage et il l'a d'ailleurs bien mérité.

SUZANNE, *à Figaro*. — Encore une dot!

FIGARO, *frappant la bourse dans sa main*. — Et de trois! Celle-ci fut rude à arracher!

SUZANNE. — Comme notre mariage.

GRIPE-SOLEIL. — Et la jarretière[1] de la mariée, l'aurons-je?

LA COMTESSE *arrache le ruban qu'elle a tant gardé dans son sein et le jette à terre*. — La jarretière? Elle était avec ses habits : la voilà.

> Les garçons de la noce veulent la ramasser.

CHÉRUBIN, *plus alerte, court la prendre et dit :* Que celui qui la veut vienne me la disputer.

LE COMTE, *en riant, au page*. — Pour un monsieur si chatouilleux, qu'avez-vous trouvé de gai à certain soufflet de tantôt?

CHÉRUBIN *recule, en tirant à moitié son épée*. — A moi, mon colonel!

FIGARO, *avec une colère comique*. — C'est sur ma joue qu'il l'a reçu : voilà comme les grands font justice!

LE COMTE, *riant*. — C'est sur ta joue? Ah! ah! ah! qu'en dites-vous donc, ma chère Comtesse?

LA COMTESSE, *absorbée, revient à elle et dit avec sensibilité*. — Ah! oui, cher Comte, et pour la vie, sans distraction, je vous le jure.

LE COMTE, *frappant sur l'épaule du juge*. — Et vous, don Brid'oison votre avis maintenant?

BRID'OISON. — Su-ur tout ce que je vois, monsieur le Comte...? Ma'a foi, pour moi je-e ne sais que vous dire : voilà ma façon de penser.

TOUS ENSEMBLE. — Bien jugé!

FIGARO. — J'étais pauvre, on me méprisait. J'ai montré quelque esprit, la haine est accourue. Une jolie femme et de la fortune[2]...

BARTHOLO, *en riant*. — Les cœurs vont te revenir en foule.

FIGARO. — Est-il possible?

BARTHOLO. — Je les connais.

FIGARO, *saluant les spectateurs*. — Ma femme et mon bien mis à part, tous me feront honneur et plaisir.

> On joue la ritournelle du vaudeville. (Air noté.)

---

1. Allusion à la coutume populaire qui veut que, lors d'un mariage, on abandonne aux invités la jarretière de la mariée. — 2. Figaro ne laisse pas échapper l'occasion de tirer une dernière conclusion philosophique de l'examen de sa destinée.

VAUDEVILLE[1]

BASILE.

Premier couplet.

Triple dot, femme superbe,
Que de biens pour un époux!
D'un seigneur, d'un page imberbe,
Quelque sot serait jaloux.
Du latin d'un vieux proverbe,
L'homme adroit fait son parti.

FIGARO. — Je le sais... (*Il chante :*) *Gaudeant bene nati!*
BASILE. — Non... (*Il chante :*) *Gaudeant bene* nanti[2]!

SUZANNE.

Deuxième couplet.

Qu'un mari sa foi trahisse,
Il s'en vante, et chacun rit;
Que sa femme ait un caprice,
S'il l'accuse, on la punit.
De cette absurde injustice
Faut-il dire le pourquoi?
Les plus forts ont fait la loi. (*Bis.*)

FIGARO.

Troisième couplet.

Jean Jeannot, jaloux risible,
Veut unir femme et repos;
Il achète un chien terrible,
Et le lâche en son enclos.
La nuit, quel vacarme horrible!
Le chien court, tout est mordu.
Hors l'amant qui l'a vendu. (*Bis.*)

LA COMTESSE.

Quatrième couplet.

Telle est fière et répond d'elle,
Qui n'aime plus son mari;
Telle autre, presque infidèle,
Jure de n'aimer que lui.

La moins folle, hélas! est celle
Qui se veille[3] en son lien.
Sans oser jurer de rien. (*Bis.*)

LE COMTE.

Cinquième couplet.

D'une femme de province,
A qui ses devoirs sont chers,
Le succès est assez mince :
Vive la femme aux bons airs!
Semblable à l'écu du prince,
Sous le coin d'un seul époux,
Elle sert au bien de tous. (*Bis.*)

MARCELINE.

Sixième couplet.

Chacun sait la tendre mère
Dont il a reçu le jour;
Tout le reste est un mystère,
C'est le secret de l'amour.

FIGARO *continue l'air.*

Ce secret met en lumière
Comment le fils d'un butor
Vaut souvent son pesant d'or. (*Bis.*)

---

1. *Vaudeville* : pour le sens de ce terme, voir page 95, note 1. — 2. *Gaudeant bene* nanti : la formule latine signifie : « Heureux ceux qui sont bien nés. » Basile, au prix d'un calembour facile, la transforme en : « Heureux ceux qui sont bien nantis » (c.-à-d. : pourvus). — 3. *Se veille* : est attentive à elle, prend garde à elle-même.

Septième couplet.

Par le sort de la naissance,
L'un est roi, l'autre est berger;
Le hasard fit leur distance;
L'esprit seul peut tout changer[1].
De vingt rois que l'on encense,
Le trépas brise l'autel;
Et Voltaire est immortel[2]. (*Bis.*)

SUZANNE.

Neuvième couplet.

Si ce gai, ce fol ouvrage,
Renfermait quelque leçon,
En faveur du badinage
Faites grâce à la raison.
Ainsi la nature sage
Nous conduit, dans nos désirs,
A son but par les plaisirs[3]. (*Bis.*)

CHÉRUBIN.

Huitième couplet.

Sexe aimé, sexe volage,
Qui tourmentez nos beaux jours,
Si de vous chacun dit rage,
Chacun vous revient toujours.
Le parterre est votre image :
Tel paraît le dédaigner,
Qui fait tout pour le gagner. (*Bis.*)

BRID'OISON.

Dixième couplet.

Or, messieurs, la co-omédie
Que l'on juge en cé-et instant
Sauf erreur, nous pein-eint la vie
Du bon peuple qui l'entend.
Qu'on l'opprime, il peste, il crie.
Il s'agite en cent fa-açons :
Tout finit-il par des chansons[4]. (*Bis.*)
        (*Ballet général.*)

---

1. Une dernière fois Figaro chante son hymne à la supériorité de l'esprit, nouvelle aristocratie. Le mot « changer » est lourd de sens. — 2. Ce vers enjoué à la gloire de Voltaire révèle tout un état d'esprit, sinon un programme. — 3. Expression d'une morale naturelle et épicurienne fort prisée au XVIIIe siècle. — 4. *Par des chansons* : la comédie se termine sur une note optimiste qui fait songer à l'*happy end* de toute opérette.

DOCUMENTS

Sur la première représentation du *Mariage de Figaro*.

Les cordons bleus étaient confondus dans la foule, se coudoyant, se pressant avec les Savoyards; la garde fut dispersée, les portes enfoncées.... Impossible d'être tour à tour plus humble, plus hardi, plus empressé pour obtenir une grâce de la Cour que ne l'étaient tous nos jeunes seigneurs pour s'assurer une place.... Et dans la salle quel auditoire!... Quel brillant cordon de premières loges!... Tout cela brillait.... C'étaient des bras arrondis, de blanches épaules, des cous de cygnes, des rivières de diamants, des étoffes de Lyon bleues, roses, blanches, des arcs-en-ciel mouvants s'agitaient, se croisant, papillonnant, tout cela impatient d'applaudir, impatient de dénigrer, tout cela pour Beaumarchais et de par Beaumarchais.

(FLEURY. *Mémoires*.)

Enfin la persévérance de Beaumarchais l'emporta sur toutes les résistances; et la pièce fut jouée. Nombre de personnes couchèrent la veille à la Comédie, dans les loges des acteurs, pour s'assurer mieux de leur place; la salle, quoique très grande, était à moitié pleine avant que les bureaux fussent ouverts. Une pareille représentation devait être tumultueuse et les ennemis de Beaumarchais ne s'y oublièrent pas. On jeta même du cintre des épigrammes très virulentes contre lui et qui coururent de main en main. Mais l'agrément de l'ouvrage triompha de tout.

(LA HARPE. *Lycée, IIIe partie, livre I*.)

Témoignage de Beaumarchais sur son art et sa manière.

Si quelqu'un est assez barbare, assez classique, pour oser soutenir la négative, il faut lui demander si ce qu'il entend par le mot drame ou pièce de théâtre n'est pas le tableau fidèle des actions des hommes?...
... Si le théâtre est le tableau fidèle de ce qui se passe dans le monde, l'intérêt qu'il excite en nous a donc un rapport nécessaire à notre manière d'envisager les objets réels.

(*Essai sur le genre dramatique sérieux*, 1767.)

De mon style, monsieur! Si par malheur j'en avais un, je m'efforcerais de l'oublier quand je fais une comédie; ne connaissant rien d'insipide au théâtre comme ces fades camaïeux où tout est bleu, où tout est rose, où tout est l'auteur quel qu'il soit.
Lorsque mon sujet me saisit j'évoque tous mes personnages et les mets en situation : " Songe à toi, *Figaro*, ton maître va te deviner. — Sauvez-vous vite, *Chérubin;* c'est le Comte que vous touchez. — Ah! Comtesse, quelle imprudence avec un époux si violent!" Ce qu'ils diront, je n'en sais rien; c'est ce qu'ils feront qui m'occupe. Puis quand ils sont bien animés, j'écris sous leur dictée rapide, sûr qu'ils ne me tromperont pas, que je reconnaîtrai *Basile*, lequel n'a pas l'esprit de *Figaro*, qui n'a pas le ton noble du Comte, qui n'a pas la sensibilité de la Comtesse, qui n'a pas la gaieté de *Suzanne*, qui n'a pas l'espièglerie du page, et surtout aucun d'eux la sublimité de *Brid'oison;* chacun y parle son langage : eh! que le dieu du naturel les préserve d'en parler d'autre!

(Préface du *Mariage de Figaro*.)

QUESTIONS ET THÈMES DE RÉFLEXION SUR *LE MARIAGE DE FIGARO*

ACTE I

Sc. I : Comment se présentent à nous Figaro et Suzanne dans cette scène d'exposition?

Sc. II : Quelles sont les qualités de ce monologue? Que nous apprend-il sur le personnage de Figaro?

Sc. V : Le comique de cette scène.

Sc. VII : La psychologie de Chérubin d'après son attitude et son éloquence.

— la peinture d'un tout jeune adolescent : son espièglerie, sa malice, sa grâce, son emphase.

Sc. VIII : Le Comte : sa désinvolture, son absence de scrupules.

Sc. IX : Le mouvement et les effets comiques de cette scène.

Sc. X : Le complot contre le Comte.

ACTE II

Sc. I : Devinez-vous, malgré leur pudeur, les sentiments de la Comtesse :
— à l'égard de Chérubin.
— à l'égard du Comte?

Sc. II : L'assurance de Figaro.

Sc. IV à IX : La fraîcheur et la délicate émotion qui émanent de ce groupe de scènes.

— La valeur plastique des tableaux.

Sc. X à XVI : Comment ces quelques scènes, qui pourraient relever du " drame bourgeois ", côtoient-elles le pathétique ou le tragique?

— Les idées de *tension*, de *paroxysme*, de *crise* dans ces scènes.

— Remarquez la *complicité* du spectateur. Comment reste-t-il hors du jeu mais se sent pourtant ému?

Sc. XIX : Comment la Comtesse réussit-elle à l'emporter sur le comte?

Sc. XXI : Le comique de cette scène.

ACTE III

Sc. IV : Le désarroi du Comte en face de la coalition qui le presse. Comment apparaît-il dans ce monologue?

Sc. V : L'habileté et la finesse de Figaro dans ce dialogue.

— Son *brio* et sa *verve*.

Sc. XII et XIII : Comment apparaît déjà Brid'oison?

Sc. XV : La grande mise en scène; la figuration.

— Valeur satirique de cette scène : comment le *formalisme* de la justice est-il ridiculisé?

— Le comique et le grotesque de Brid'oison.

— L'esprit caustique de Figaro.

Sc. XVI : Que pensez-vous de cette reconnaissance?

— L'influence du mélodrame bourgeois.

Sc. XVIII : Suzanne dans cette scène.

ACTE IV

Sc. I : Figaro et Suzanne dans ce tête-à-tête.

— Peinture de leur amour. Leur *marivaudage*.

Sc. III : Ruse et duplicité féminines.

Sc. VI : Comment Figaro sait-il se tirer d'un mauvais pas ?

Sc. IX : Exemple de scène à grand spectacle. Étudiez :
— le mouvement et la figuration.
— le rôle de la musique et de la danse.

Sc. X : Portrait de Basile.

Sc. XIV et XV : Importance et signification de la découverte de Figaro : le malentendu.
— quels sont, selon vous, les vrais sentiments de notre héros ?

ACTE V

Sc. I : Grâce et fraîcheur de Fanchette.

Sc. III : *Le monologue de Figaro.*
— Sa composition : sous quel prétexte Figaro passe-t-il sa destinée en revue ?
— Les différents métiers de Figaro.
— La satire des abus politiques et sociaux.
— La valeur satirique et critique de l'ensemble ; audace, hardiesse et insolence.
— Idées neuves qui germeront : la supériorité de l'esprit, seule aristocratie.
— Les formules et les traits de Figaro : leur portée.
— Figaro comme "individu" et comme "catégorie sociale".
— Le ton final ne nous révèle-t-il pas un Figaro méconnu : philosophe, poète et cœur amer ?

Sc. VI : Comique de la scène.

Sc. VII : Le Comte et la Comtesse face à face.

Sc. VIII : La ruse de Figaro et le dépit de Suzanne.
— Le retournement de la situation.

Sc. IX à XVIII : L'art de l'*imbroglio*, du *quiproquo*, et du *malentendu* dans ce groupe de scènes. Le *Mariage*, comédie d'*intrigue*.

Sc. XIX : La défaite du Comte.
— Le dénouement volontairement optimiste.
— L'influence de l'opérette et du ballet dans le vaudeville final.

SUJETS DE DISSERTATIONS

Adoptez-vous ou contestez-vous ce jugement de M. F. Gaiffe : " Il suffit parfois de peu d'années pour envelopper d'une brume épaisse les allusions brillantes qui faisaient le comique d'une œuvre. Le *Mariage*, malgré son mouvement et sa verve irrésistibles, lance à chaque scène des traits qui ne portent plus et pose vingt problèmes, simples et limpides pour le public de 1784, obscurs et insolubles pour le spectateur, l'interprète et même l'érudit d'aujourd'hui " ?

En quoi *Le Mariage de Figaro* n'est-il pas une œuvre classique ?

Le monologue de Figaro est-il un message ou une confidence ?

Figaro, " type littéraire ".

Le personnage de Chérubin.

La psychologie féminine dans *Le Mariage de Figaro*.

La présence de Beaumarchais dans *Le Mariage de Figaro*.

TABLE DES MATIÈRES

ILLUSTRATIONS

Imprimé en France
par Brodard-Taupin,
Imprimeur - Relieur,
Coulommiers - Paris.
60 254 - VI - 7 - 8127
Dépôt légal n° 1183.
3ᵉ trimestre 1963.
1ᵉʳ dépôt en 1951.